漢字

한자에서
인생을
배우는
임문학 강의

한자에서 인생을 배우는 인문학 강의

초판인쇄	2020년 01월 21일
초판발행	2020년 01월 30일

지은이	첸 란
발행인	조현수
펴낸곳	도서출판 프로방스
마케팅	이동호
IT 마케팅	신성웅
디자인 디렉터	오종국 Design CREO

ADD	경기도 고양시 일산동구 백석2동 1301-2
	넥스빌오피스텔 704호
전화	031-925-5366~7
팩스	031-925-5368
이메일	provence70@naver.com
등록번호	제2016-000126호
등록	2016년 06월 23일
ISBN	979-11-6480-030-8-03810

정가 15,000원

한자에서
인생을
배우는
인문학 강의

첸 란 지음

프로방스

"한자에서 세상의 이치를 깨닫고
인생을 배울 수 있다"

한자는 사물의 모양을 본 딴 상형문자다.

그러나 한자는 단순히 사물의 모양을 표현한 것 외에도, 사람의 마음과 생각 그리고 세상의 이치. 관계의 속성. 자연규칙. 인생섭리까지 잘 설명해 준다.

가령 번뇌에서의 번煩은 불 화火와 머리 혈頁을 합친 글자로, 정수리에 열불이 나는 상태를 가리킨다. 머리에서 장시간 열을 받으면 이상이 생긴다.

관계에서의 관關은 문門에 꿸 관을 합친 글자로, 문에 실을 꿰어 잠근다는 뜻에서 사람들끼리 단단히 묶여 있음을 의미한다.

계係자는 사람 인人과 이을 계系가 결합한 모습으로, 사람과 사람 사이의 관계를 '잇다' 라는 뜻이다. 관계는 사람과 사람을 이어 힘이 되기도 하지만 사람과 사람이 묶여 구속받는 양면성을 보여준다.

한자에는 이처럼 오묘한 원리와 이치가 숨어 있다.

시대에 따라 외형. 기술. 문화. 의식은 변하지만 인간의 마음과 세상 사 이치는 변하지 않는다.

한자 속 의미를 잘 이해하면, 우리가 살아가면서 부딪치는 수많은 고민과 번뇌의 원인 그리고 이치를 깨달을 수 있다.

글 하나하나가 심오한 뜻을 가진 한자는 그 자체가 인문학이다.

한자에서 세상의 이치를 깨닫고 인생을 배울 수 있다.

독자들과 함께 한자의 숨은 이치를 공유하는, 즐겁고 유익한 시간이 되기를 바란다.

여러분들의 관심과 가르침 또한 기대하는 바이다.

2020년 1월 겨울날에...

저자 **첸 란**

| **차례** | Contents

漢字

PART

01

심/心

부귀영화도 좋지만,
그보다 더욱 중요한 것은
마음이 편안하고 기운이 온화한
심평화기心平氣和 상태가
최고라고들 한다.

01 | 마음에도 눈이 있다

눈을 뜨고 있어도 보이지 않는 것이 있고, 눈을 감고 있어도 보이는 것이 있다.

그건 바로 마음의 눈이 있느냐에 달렸다.

눈 멀 맹盲은 망亡자에 눈 목目이 합쳐진 문자로 눈이 없으니 맹盲이라는 뜻이고 '잃다' 라는 의미도 있다.

그래서 사리분별력이 없거나 무지하여 이러저러한 생각 없이 또는 옳고 그름을 따지지 않고 덮어놓고 행동부터 하는 걸 맹목적盲目的이라고 한다.

마음이 있으면 눈에 보이지 않아도 보일 수 있고 마음이 없으면 코 앞에 것도 안 보인다.

사람의 행동은 마음이 이끈 것이다.

마음이 있으면 하게 되고 마음이 없으면 억지로 이끌려 가는 것뿐이다.

예쁜 것에 마음이 있으면 예쁜 것이 눈에 들어오고 부동산에 마음이 있으면 부동산이 눈에 들어오고 사람에 관심이 있으면 사람이 눈에 들어온다.

물론 돈에 관심이 있으면 돈이 눈에 들어오는 건 당연하다.

결국 돈이 있는 사람은 돈에 마음이 있고, 멋있는 사람은 멋이 마음에 있고, 예술가는 예술에 마음이 있고, 권력가는 권력이 마음에 있기 때문이다.

그런 마음에 적합한 능력과 재주 등이 더해져 마음이 향하는 방향으로 흐른 것이다.

마음이 있으면 눈에 들어오고 마음이 없으면 그냥 스쳐 지나간다.

연으로 마음에 끌어들인다.

연緣은 가는 실 사糸와 끊을 단彖이 결합한 모습으로, 끊긴 곳을 실로 연결한다는 데에서 인연의 뜻이 되었다.

골동품 수집가는 쓰레기 더미나 시골집의 개밥그릇에서도 진품인지를 알아본다.

마음이 있으면 귀신같이 물건을 알아본다.

마음에 눈이 있으면 촉이 발달되어 남이 보지 못하는 것이나 남이 느끼지 못하는 것을 알아보고 감지한다.

그래서 물리적인 눈보다 마음의 눈 즉, 심안心眼이 더 예리하다.

학력보다 더 중요한 것은 학식이고 학식보다 더 중요한 것은, 어쩌면 심안心眼이나 마음속에서 따져보는 심계心計다.

실제로 명문대가 아닌 일반대학 또는 고졸이나 중졸 출신의 성공한 사람들을 많이 본다.

특히 기업인 중에는 초등학교만 졸업한 사람도 있는데, 거물들 중에는 학력이 낮은 경우가 의외로 많다.

학력學歷은 글자대로 공부한 경력이다.

그 학력이 지식이 될지는 모르지만, 반드시 쓰임이 큰 통찰력이나 지혜로 이어지는 것은 아니다.

기술적인 문제나 직업을 찾는 데에는 학력이 중요하지만, 인생살이의 세상문제는 학력으로 해결되지 않는 것이 많다.

학력은 취업 통행증이고 지혜는 문제 해결의 열쇠다.

통찰洞察에서의 통洞은 물이 흐르는 골짜기를 가리키며, 살필 찰察은 집 면ᄼ 밑에 제사 제祭를 붙인 문자로 사방이 지붕으로 덮어 씌워져 있는 집을 가리킨다. 즉 신神에게 제사를 드리듯 정성을 다해 사물과 세상 이치를 두루 살핀다는 뜻이 통찰이다.

밝고 자세하게 생각하며 살피면 몰속에서도 통할 구멍이 있어 찾아낼 수 있으며, 보이지 않는 그 무엇을 미리 본다는 의미가 통찰이다.

지식에 경험이 더해지고 천지자연의 이치와 도리를 깨달으려 마음을 쓰면 통찰력이 생긴다.

통찰력을 키워주고 정확한 방향과 안목 그리고 지혜를 갖추는 길잡이 역할을 하여 틀린 길, 삐뚤어진 길, 어두운 길에 들어서지 않게 하는 학문이 인문학이다.

인간의 가치탐구와 표현활동을 대상으로 삼는 인문학은, 당장 돈을 버는 기능은 못하지만 통찰력을 키워준다.

인문학으로 다듬은 마음에 세상을 보는 눈이 생기면 그게 통찰력이다.

인문학에 바탕을 둔 통찰력이야말로 세상사 모든 문제 해결의 진정한 열쇠다.

02 | 마음에 답이 있다

아무리 귀찮고 힘들어도 마음이 있으면 수고를 마다하지 않고 기꺼이 부지런히 일을 한다.

수고할 근勲은 근면할 근勤과 마음 심心이 합친 문자로, 부지런히 일하는 마음이다.

게으를 라懶는 마음 심心과 꾸짖을 칙敕이 합친 글자로, '남에게 의존하는 마음이 많으면 게으르다'는 뜻이다.

위에서 풀이 한 한자의 두 글자만 보아도 게으른 사람이 부지런한 사람을 이길 수 없다는 걸 알 수 있다.

하루, 한 달, 일 년, 십 년의 시간이 부지런함으로 모이면 목적한 바를 이룬다.

반대로 게으르고 의존하는 마음이 쌓이면 한숨만 늘어난다.

외부의 예기치 못한 상황이나 통제할 수 없는 부분은 어쩔 수 없지만, 통제할 수 있는 일상적인 삶의 범위를 벗어난 모든 결과도 결국 자신이 걸어온 길이 되고 인생작품이다.

뜻한 바를 이루었든 이룬 것이 없든 모두 스스로 만들어낸 삶의 성적표이다.

나약할 유懦는 마음 심(↑)과 필요할 수需를 합친 모습으로, 약한 사
람은 굳은 마음이 필요 하다는 의미에서 '나약하다' 의 뜻이다.
마음이 약하면 굳은 마음부터 만들어야 하는 게 먼저다.

사람의 마음을 알기란 아주 어렵다.

표현을 하지 않으면 그 마음속에 어떤 생각을 품고 있는지 모른다.

그러나 한자를 잘 풀어보면 마음속에 담긴 그 마음이 무엇인지 짐작
할 수 있다.

무턱대고 질책하고 시비를 따진다고 상대가 수긍하지 않는다.

무조건 다가간다고 마음이 통하는 것도 아니고 오히려 역효과가 생
겨 상대가 마음의 문을 닫으면 내 마음은 답답해진다.

답답할 민悶은 문門 안에 마음 심心을 넣은 문자로, 마음의 문을 닫고
서는 답답하고 깨닫지 못한다는 뜻이다.

성낼 때는 이유가 있다.

대부분은 자신에게 성내기보다는 상대로 인해 성내는 경우가 많다.

성낼 분忿은 나눌 분分에 마음 심心을 받친 모습으로, 상대와 마음이
나누어져 즉 '상대가 배신하여 성낸다.' 라는 뜻이다.

많은 사람들이 모여 있는 사회의 각 부문에서 생활하다 보면 개개인
의 성격이나 성향이 모두 달라 마음이 일치하지 않을 때가 생긴다.

사소한 일들로 인해 마음이 상하고 억울한 일도 있기 마련이지만,

서로 참고 이해하며 다투지 않고 사는 걸 미덕으로 여겼다.

그것을 꾹꾹 눌러 마음에 품었다가 어느 날 더 이상 수용불능의 한계가 오면, 화가 폭발하여 쌓여있던 분함을 털어 놓게 된다.

우리는 누구나 할 것 없이 무지하고 미숙하다.

미숙한 상태에서 사람들과 교류하고 사람들과 부딪치고 상처를 주고받곤 한다.

나도 상대방도 무지하고 미숙하고 잘못이 있어, 상처를 서로 주거니 받거니 하는 것이다.

그러므로 미숙하고 무지한 상태의 사람에게 옳고 그름만 따지기보다 용서가 마음을 편하게 한다.

상대를 위해 용서하기보다 자신을 위해 용서해야 건강에 이롭다.

미움, 분노, 증오를 마음에 오래 품고 살면 자신의 심신건강을 해친다는 연구결과도 있다. 행복지수도 당연히 떨어진다.

용서할 서恕는 같을 여如밑에 마음 심心을 받친 모습으로, 남을 자기 마음같이 미루어 생각하는 데서 '용서하다'의 뜻이다.

자신의 마음을 편하게 하기 위해, 홀가분하고 가볍게 하기 위해, 용서하고 털어버리고 잊어버린다.

그래서 잊을 망忘은 망할 망亡과 마음 심心이 합쳐진 모습이다.

살아가면서 부딪치는 일들은 모두 마음에서 답을 찾을 수 있다.

즐거운 마음은 상대와 또는 그 무엇과 통했기 때문이다.

즐거울 유愉는 마음 심(忄)과 통할 유兪를 합친 문자로, '마음이 통하면 즐겁다' 라는 뜻이다.

반대로 통하지 않으면 불쾌해진다.

즐겁거나 불쾌한 것은 결국 통하느냐 통하지 않느냐의 문제이다.

인위적으로 다가가고 공을 들인다고 통하지 않는다.

통할 그 무엇이 있는지 살피는 것이 우선이다.

가끔 문전박대 당했다고 화가 나고 무시당했다고 분하게 생각하는 경우도 많다.

그것은 표면적으로는 상대의 말과 태도에 문제가 있었겠지만 근본적인 문제는 통하지 않았기 때문이다.

상대와 맞지 않고 맞추지 않으면 불쾌하다.

상대와 통하면 마음이 열리고 마음이 열리면 즐거워진다.

가장 무서운 마음은 나쁠 악惡과 미워할 오惡다.

악惡은 등이 굽은 꼽추의 모양에 마음 심心을 합친 것으로, 등이 굽은 꼽추처럼 마음이 일그러져 있어 '증오하다. 나쁘다' 의 뜻이다.

모든 나쁜 관계의 핵심은 미워하는 것과 증오하는 것에 있다.

파괴도 나쁜 마음과 증오에서 비롯된다.

화가 났을 때는 성내고 화를 터트리면 순간은 시원한 것 같지만, 오히려 파괴적인 에너지로 더 큰 화를 자초하는 결과를 초래하게 된다.

화산이 폭발하며 시뻘건 용암이 분출하는 물리적인 폭발 현상보다 어쩌면 화 폭발의 위력이 더 강한 것인지도 모른다.

화산 폭발, 태풍, 지진해일, 지구온난화 등의 자연 재해보다 분노와 증오의 극치에서 벌어지는 각종 범죄와 테러 그리고 전쟁으로 인해 수많은 사람들이 죽는다.

어느 한 사람이 화를 폭발시켜서 일어나는 범죄와 테러는 그 사람과 주변의 관련 인물들에게 책임을 물을 수 있지만, 집단적인 광기와 분노에 의한 대학살과 전쟁 그리고 이웃나라에 대한 혐오는 대재앙을 일으킨다.

상대를 사랑하면 상대도 나를 사랑하고 상대를 미워하면 상대도 나를 미워한다.

사랑 애愛는 받을 수에 마음 심心을 합친 모습으로, 마음을 서로 주고받는 일 즉 사랑이란 뜻이다.

사람의 마음은 보이지 않는 거울 현상이 있다.

일그러진 마음은 펴고 마음을 곧고 예쁘게 펴야 몸도 삶도 좋게 펼쳐진다.

마음이 일그러지고 뒤틀리면 증오만 있어 몸도 삶도 일그러지고 삶도 일그러진다.

그러므로 마음은 곧 인생이 된다.

03 | 마음이 쫓기면 불안해진다

누구나 살아가면서 근심 걱정이 많다.

특히 현대인들은 대도시에 몰려 치열한 경쟁이 일상이다.

근심할 환患은 꼬챙이 곶串 밑에 마음 심心을 받친 문자로, 마음이 시름과 걱정으로 잠시도 헤어나지 못하고 꼬챙이로 찌르는 것처럼 아픈 것을 뜻한다.

스트레스가 너무 심하면 신경쇠약에 걸리고 신경쇠약이 오래되면 심신이 허약해져 우울증에 걸리기 쉽다.

모든 갈등과 충돌 그리고 대부분의 사건과 사고도 스트레스와 직결되어 있는 경우가 흔하다.

혼란스러울 때에는 생각이 많아진다.

생각할 사思는 밭 전田과 마음 심心이 합쳐진 글자인데, 본래는 밭 전田이 아니라 사람의 '정수리'를 그린 정수리 신囟이었다고 한다. 신思은 정수리(囟 :머리)와 마음心으로 생각한다는 의미다.

놀라거나 흥분 된 상태에서는 두뇌 회전이 늦고 판단력이 약해진다.

생각의 진행이 더디고 평소에 잘 하던 일도 완벽하지 못하거나 실수를 하게 된다.

감정이 흥분된 상태거나 위급한 때에는 자신도 모르게 이성적으로 궁리하지 못하고 느닷없이 감정적이고 충동적으로 행동하는 경우가 많다.

그렇지만 흥분이 가라앉으면, 어떤 문제에 부딪치더라도 지금껏 해오던 방법이나 수단과는 다른 방향에서 문제를 해결하려는 사고의 전환도 가능해진다.

두뇌와 마음 두 가지를 고루 겸해야 고려考慮이다.

생각 려慮는 호랑이 호虎와 생각할 사思가 결합한 것으로, 호랑이가 나타날까 걱정스러워 겁이 나 '우려되다' 라는 뜻이다.

차가운 이성과 따뜻한 가슴으로 타인의 느낌도 고려해야 합리적인 사고다.

두뇌로 이성을 통제하고 마음으로 사람의 정서를 통제해야 한다.

현대 사회는 밀림이나 깊은 산속에 살지 않아 호랑이를 두려워할 필요가 없어졌다.

대신 사람들끼리의 경쟁이 치열해져 보이지 않는 삶의 전쟁을 치루고 있다.

입시경쟁, 취업경쟁, 사업경쟁 등이 호랑이만큼 무섭고 두렵고 혼란스러워 불안과 초조감에 휩싸이게 된다.

대체적으로 감정적으로 생각하면 근심 걱정이 심해져 오히려 혼란스럽고 스트레스가 많아진다.

머리로 이성적으로 분석하고 거기에 마음까지 겸해 판단하고 선택하면 혼란에서 빠져 나오기 한결 쉽다.

어떤 일이나 문제에 부딪치면 먼저 흥분하지 않고 두려움을 넘어 문제 해결의 실마리를 찾는 게 우선인데, 두려움과 조급증으로 문제가 더 엉키는 경우도 많다.

급急은 사람이 적이나 야수에게 쫓기는 모습이다.

지금은 야수에게 쫓기는 일은 없다.

현대 사회는 시간에 쫓기고 시대의 변화에 쫓기고 돈에 쫓기는 상황에 몰려 있다.

쫓기는 데에는 관리와 대응이 상황을 바꾸게 만든다.

그때그때 준비하고 대비해 놓으면 두려움은 덜해진다.

오늘은 어제의 결과이고 내일은 오늘의 결과다.

겨울을 미리 생각하고 봄부터 차곡차곡 알차게 준비하고 경작하였으면 가을은 풍족하다.

이성이 결여되고 감정과 감성이 앞서면, 준비 없이 수확 없는 가을을 맞이하게 되어 마음이 쫓기고 쫓기면 불안감이 일상을 지배한다.

때에 맞게 미리미리 대비하고 가꾸면, 쫓기는 일은 줄어들고 쫓기는 일이 줄어들면 불안도 줄어들게 된다.

때를 놓치지 않는 것이 첫 걸음이다.

04 | 마음의 병은 스트레스에 있다

사람, 일, 돈, 관계 등 삶에서 오는 과부하가 온갖 스트레스가 되고 압박으로 작용하게 된다.

스트레스는 압력壓力 즉 누르는 힘으로, 외부의 압박에서 오는 거부할 수 없는 강력한 힘에 의해 감정과 판단을 하는 신경계에 이상이 생기게 만든다.

압박을 받으면 스트레스가 오르고 스트레스를 받으면 정수리에 열이 솟는다는 이치를 문자에서 진즉에 알려주고 있다.

번뇌 번煩은 불 화火에 머리 혈頁을 합친 문자로 정수리에서 열불이 나는 상태를 나타낸다.

정수리에 열이 펄펄 나서 뜨거우면, 이성적으로 판단을 제대로 할 수 없고 판단을 제대로 할 수 없으면 선택도 정확하게 할 수 없어 틀린 결정을 할 확률이 높다.

화가 나는 걸 '열 받는다.', '뚜껑이 열린다.', '연기 난다.', '돌아 버린다.' 라고 표현한다.

속된 표현이라고 할 수 있지만, 모두 화난 상태의 형상을 정확하고 생동감 있게 나타낸 것이다.

열을 받으면 눈에는 보이지 않지만 '연기가 난다.' 는 표현처럼, 영상 촬영으로 측정해보면 머리 정수리가 전부 붉은 색으로 드러난다고 한다.

스트레스를 받으면 몸이 먼저 신호를 보낸다.

검진으로도 드러나지 않지만 이유 없이 여기저기 아픈 것은 스트레스가 요인이다.

일, 사람, 직업, 환경이 맞지 않으면 스트레스를 심하게 받는다.

정신과 몸은 따로 있지 않고 연결되어 있어 스트레스가 심하면 몸이 아프고 몸이 아프면 스트레스가 또 올라간다.

맞지 않는 코드를 억지로 끼워 넣거나 열이 날 정도로 기계를 돌리면 과열로 불이 나는 것과 마찬가지다.

우리는 몸이 아프면 쉬어주고 탈이 나면 병원도 간다.

그러나 심리적 정신적인 탈이 났는데도, 겉으로 드러난 병이 아니라고 애써 대단치 않은 것으로 여기며 무시하는 경향이 있다.

화가 나 스트레스 압박이 꽉 차올랐는데 알아차리지 못하고 외면하고 억압하고 꾹꾹 눌러 해소하지 못해서, 몸에 독소가 퍼지고 몸과 정신을 해치는 경우가 많다.

오래도록 정수리에 열이 생기다보면 전두엽에 이상이 생긴다고 한다.

정신적인 에너지가 고갈이 되면, 머리에서 혼이 나가면서 화에 의해 휘둘린 육체는 허수아비가 되어 멋대로 움직이는데 이것이 광기狂氣다.

광狂은 개 견犬과 임금 王이 결합한 문자로, '말과 행동이 개가 미쳐 날뛰는 것 같아 인격체가 없어진다.' 는 의미다.

같은 장소, 같은 공부, 같은 사람, 같은 일이더라도 스트레스가 각기 다르다.

잘 맞으면 스트레스를 덜 느끼고 맞지 않으면 스트레스를 엄청 받는다.

만병의 근원이라는 스트레스는 정말 두렵다.

온갖 피부병, 탈모, 불임, 암, 돌연사, 정신질환, 자살까지 모두 지나친 스트레스, 압박, 긴장, 공포, 조급, 분노가 오랫동안 쌓여 만들어진 것이다.

정신적 과부하가 오래 지속되면 즉 정수리에 불이 오래 지속된 상태로 이어지면, 혼이 나가고 그 자리에 무의식만 작용하고 이성은 작동되지 않는다.

마침내 인격이 잠식되는 지경에 이른다.

마음의 상처나 분노 또는 어디에도 하소연 할 수 없는 억울함이 막힌 감정이나 화 에너지가 오래도록 머리를 뜨겁게 하면, 교감신경과

부교감신경의 균형이 깨져 감정 통제가 불능 상태가 되기 쉽다.

일의 결과가 예상하지 않은 방향으로 가거나 아무 잘못도 없이 애꿎은 일을 당해서 원통하고 가슴이 답답한 걸 억울抑鬱이라고 한다.

누를 억抑은 손 수手와 나 앙卬이 결합한 문자로, 무릎을 꿇고 있는 사람의 머리를 짓누르는 모습을 형상화한 것이고, 답답할 울鬱은 우거진 밀림 속에 작은 구멍이 있어 '답답하다'는 의미다.

신경 세포가 의식을 만들고 의식이 인격을 형성한다.

건강한 신경 세포가 건전한 의식과 자아를 형성시키고 튼실한 인격체를 유지하게 만든다.

TV에서 보는 재벌가나 일반인 할 것 없이 분노조절 장애는 스트레스 과부하, 즉 광기에 휘말렸기 때문이다.

현대인은 스트레스로 인해 몸과 마음의 상처 그리고 질병에 쉬 노출되고 잘 낫지도 않는다.

수많은 질병들이 즐비하지만, 마음의 상처는 그 어떤 질병들보다 쉽게 낫지도 않고 자신은 물론 심지어 타인과 사회까지 영향을 끼친다.

우리는 가끔 '진상손님'이라는 말을 한다.

즉 상식을 벗어난 말과 행동을 하여 상대에게 피해를 주거나 불쾌하게 만드는 사람을 가리킨다.

알고 보면 그들도 정수리에 불이 난 사람 즉 불행하고 우울하고 화가 나있는 사람들이다.

이미 이성을 잃어 자신이 어떤 상태인지 어떤 심리 상태이며 무슨 말과 행동을 하는지 전혀 자각하지 못한다.

심리 상태와 기분 상태를 알아차리는 게 먼저고 그 다음에 환경을 바꾸어 주어야 된다.

너무 급할 때는 정수리에 얼음을 올려놓는 것도 한 방편이라고 한다.

물리적인 냉각 방법도 있지만, 맞지 않는 그 자리를 뜨는 게 가장 빠르고 훨씬 효과적인 스트레스 해소 방법이라고 할 수 있다.

맞지 않는 일 또는 맞지 않는 사람을 멀리 하는 것도 한 방편이다.

맞지 않는 걸 억지로 하면 상황은 더욱 악화된다.

대부분의 사람들은 자신의 감정을 어느 정도 통제한다고 생각하지만, 흥분하면 감정을 통제하지 못하는 치명적 결점이 드러난다.

정도의 차이가 있을 뿐, 사람들은 언제나 이성적이고 객관성을 유지하며 정확하고 적절한 판단과 선택을 하는 게 아니다.

감당 못할 정도의 육체적 정신적 과부하가 가해지면, 오히려 감성적이고 감정적이며 즉흥적인 흥분 상태에서 행동하기 쉽다.

스트레스 탈출구는 자연이다.

사람이 피곤할 때는 나무가 있는 곳으로 가서 쉬어주어야 한다.

쉴 휴休는 사람(인亻)이 나무 목木에 기대어 쉬는 모양이다.

스스로 자自와 마음 심心이 결합한 쉴 식息은, 숨이 코로 들어가 심장까지 통하여 생명의 기운을 불어 넣는다는 의미다.

사람이 나무 옆에 있을 때 가장 평화롭고 홀가분한 기분 상태가 된다.

사람은 한가해져야 머리가 식혀진다.

지친 몸과 정신을 나무에 기대어 쉬면서 정수리 불을 꺼주면 맑은 정신을 회복할 수 있다.

쳇바퀴 돌 듯 바쁜 상태를 바꾸어, 일이나 사람과의 관계에서 살짝 거리를 두고 나무와 가까이 하는 시간을 가지면 여유와 에너지 그리고 활기가 생긴다.

05 | 마음을 이기면 강자다

대체적으로 다른 사람의 마음은 보기 어렵지만 세밀히 관찰하면 어느 정도는 보인다.

그런데 자신의 마음이 무엇이고 어떠한지 모르는 경우가 비일비재다.

즉 무의식을 간파하기 어렵다는 것이다.

사람들이 돈, 명예, 권력을 추구하는 것은 인지상정이다.

부귀영화도 좋지만, 그보다 더욱 중요한 것은 마음이 편안하고 기운이 온화한 심평화기心平氣和 상태가 최고라고들 한다.

오늘날 마음이 편한 사람은 별로 찾아볼 수 없다.

바쁘면 바쁜 대로 마음이 쫓기고 한가하면 한가한 대로 마음이 초조하고 불안하다.

마음이 극도로 오르락내리락 하는 상태를 탐특불안忐忑不安 이라고 한다.

탐忐은 마음이 올라가는 상태이고 특忑은 마음이 아래로 내려가는 상태를 형상화했다.

1등하는 사람은 1등자리가 뺏길까 노심초사하고, 1등을 못한 뒤처진 사람들은 뜨거운 솥뚜껑 위의 개미처럼 마음이 바글바글하여 여유가 없고 초초하다.

모든 것은 마음과 연관이 있다.

상황에 따라 처지에 따라 마음이 오르락내리락 수시로 변한다.

아주 특별한 수신 상태가 아닌 일반인의 마음상태는 안정되기가 쉽지 않아, 마치 거센 바다의 파도에 흔들리는 쪽배 같다.

마음이 고요하기 참 어려운 과잉 시대에 살고 있다.

모두 1등을 하겠다며 다투고 1등을 해야 된다고 부추긴다.

다툴 쟁争은 위의 손과 아래의 손이 물건을 쟁취하려고 서로 다투는 형상을 글자로 표현한 것이다.

'하면 된다.', '안 되는 것은 게으름 때문이다.' 며 1등을 못하고 앞서지 못하면 노력을 하지 않았다며 다그친다.

1등은 언제나 한 명뿐이고 앞선 사람도 늘 있고 뒤쳐진 사람도 영원히 존재한다.

꼴지가 있어서 일등이 있는 것이고, 뒤처진 사람이 있어서 앞선 사람이 있다.

놀고 쉬면 죄책감이 들어 노는 시간마저 마음이 불안하고 초조하다.

능력이 크면 크게 쓰고 능력이 작으면 작게 쓰면 그만이다.

능력이 작은 사람이든 능력이 엄청 큰 사람이든 엎치락뒤치락 바뀌는 게 자연스럽다.

우리 모두는 모두가 최고의 스타나 최고의 그 무엇이 될 수 없다.

그러나 최고의 자신은 누구나 될 수 있다.

타고난 재능은 제각각이다.

재능 + 노력 + 귀인 + 시기와 환경이 맞아야 성공을 이루지만, 하나라도 빠지면 성공은 멀어진다.

성공했다고 혼자 잘났다고 자만할 수 없는 이유다.

실패는 자신이 초래하는 경우가 많으나 성공은 혼자 힘으로 되는 게 아니다.

성공은 복합적인 것이 어우러져 이루어지는 것이지, 절대 의지와 노력만으로 되는 게 아니다.

참새는 붕새가 될 수 없고 개미는 호랑이가 될 수 없다.

'일은 사람이 도모하지만 그 성사는 하늘에 달렸다.' 는 것처럼, 각자 자신의 자리에서 타고난 재능을 키워 최선을 다 하면 멋진 삶이다.

모름지기 일이란 나와 타인 그리고 하늘의 뜻에 따라 좌우된다.

노력만 강조하고 재능은 간과하는 경우가 많은데, 재능이 아니면 아무리 노력해도 안 되는 한계가 있다.

한계를 인정하는 게 객관적인 사고다.

재능의 영역은 배우거나 의지와 노력에 의해 갈고 닦아지는 게 아니어서 아무나 '반 고흐'나 페이스 북의 창업자 '저커 버그'가 될 수 없다.

굳이 유명한 화가나 IT 업계의 최고가 될 필요도 없고, 자신의 분야에서 최고가 된다면 각자 성공이다.

스타거나 어느 분야의 최고를 따라 하겠다며 무작정 모방한다고 되는 게 아니다.

노새, 당나귀, 제주도 조랑말, 얼룩말, 천리마 등 말에도 여러 종류가 있는데, 조랑말이 천리마처럼 달리면 죽는다.

경쟁만 지나치게 치열한 사회는 전쟁터를 방불케 하여 긴장, 불안, 초조가 일상이 되어 행복지수는 떨어질 수밖에 없다.

세상은 점점 화려하게 변하고 사람들은 겉보기에 하나같이 활기차고 잘나가는 것처럼 보이는데, 나 자신만 초라해 보이고 소외감을 느끼며 박탈감에 빠지기 딱 좋은 분위기이다.

거대한 변화에 상대적으로 압도당하는 기분이 들고 남들이 하는 것처럼 따라서 살아야 한다는 강박증에, 마음 편한 사람을 찾기 어렵다.

꿈을 좇으니 끝이 안보이고 현실을 좇자니 꿈이 울고 두 개를 동시에 좇으니 이것도 저것도 아니다.

도교에서는 중화中和를 원기元气라 하는데, 일반적으로 인내할 줄 알고 자신을 자제하는 사람이 '중화에 이른 사람'이라고도 한다.

또한 지나치지도 모자람도 없는 중용지도中庸之道를 처세의 원칙으로 삼는 걸 중화라고도 일컫는다.

오르락내리락 거리는 정서를 차분하게 잡거나 기쁨과 노여움에 휘둘리는 마음을 안정시키기는 쉽지 않다.

정서관리를 잘하여 화를 통제하고 우쭐거리는 마음이나 우울한 심리 또는 조급증을 잘 다스려야 마음이 편해진다.

우선 내 마음의 관찰자가 되어야 제어가 가능하다.

내 마음 상태를 모르거나 마음의 통제가 안 되어 감정에 끌려 다니면 감정의 노예가 된다.

감정의 노예가 진짜 노예다.

중화를 잃지 않아 마음이 극단을 달리지 않고 언행도 극단을 달리지 않으며 항상 온화하고 치우침이 없으면, 자신을 이긴 자가 되고 결국 진전한 강자가 되는 것이다.

06 | 마음이 없으면 인색하다

마음은 눈으로 보이지 않는다.

누구나 집안에서든 사회에서든 속마음을 있는 그대로 다 드러내 보이지 않는다.

겉보기에 인사 잘 하고 상냥하고 친절하게 대해주면 특별히 친한 것이라 여기지만 진짜 여부를 분간하기는 어렵다.

큰 폐를 끼치거나 불이익을 당하더라도 기꺼이 도와주는 사람도 있고, 작은 폐를 끼치거나 조그만 불이익에도 얼굴색이 변하는 사람도 있다.

도움을 구할 때에는 핑계를 대며 완곡하게 거절하기도 한다.

흔하고 남는 것을 주는 것은 감동이 없고 자신이 소중하게 여기고 귀한 것을 아까워하지 않고 내주어 마음을 감동시킨다.

특별한 관계거나 각별히 마음을 주고받는 사이가 아니면, 소중한 걸 내줄 수 없다.

동양권에서는 선물, 뇌물, 부조 등 돈을 통해 상대의 마음을 엿본다.

상대가 돈과 연관된 일에서 어떻게 반응하는지 그리고 돈을 쓰는 걸 보아 그 사람의 속마음을 예측하기도 한다.

마음이 있으면 지갑을 열고 마음이 없으면 지갑을 열지 않는다.

마음에 없으면 인색해진다.

아낄 인吝은, 입에서 나오는 말은 화려하고 부드럽지만 도움을 청하는 걸 거절하고 베풀 줄 모르고 인색하다는 데에서 유래되었다고 한다.

인색하면 마음과 사랑이 없다는 걸 말해 준다.

아무리 달콤하고 친근감 있는 말을 하더라도 속마음이 인색하면 주머니를 열지 않는다.

좋아하고 사랑하면 없는 것도 내주고 싶어진다.

그러나 계산하고 이리저리 핑계 대는 것은 그만큼 순수한 마음, 사랑하는 마음, 좋아하는 마음이 없다는 증표이다.

좋아하는 연예인, 연인, 친구, 동료, 스승, 부모, 자식, 형제에게 선물을 기꺼이 하는 것은 마음을 열고 있기 때문이다.

요즘은 개인적으로 돈 거래하는 것을 많이 꺼린다.

친한 친구, 친척, 동창들에게 돈을 빌려주면 '사람도 돈도 다 잃는다'고 하는 시대가 되었다.

그러나 고정된 사고는 문제가 있다.

시간, 사람, 상황에 따라 달리 해야 한다.

진짜 친한 관계이며 마음에 있는 사람이라면 빌려 준 돈을 설령 되돌려 받지 못할 것 같아도 기꺼이 내준다.

사랑하는 사람 또는 좋아하는 사람의 다급한 요청을 못 들은 척, 이 말 저말로 거절하거나 핑계거리를 찾을 궁리를 하지 않는다.

감당할 수 있는 범위 내에서 자신이 손해를 보더라도 선뜻 돈을 준다.

그래야만 진짜 친한 관계이고 그 은혜는 우정을 더욱 굳게 만들고 평생 잊지 못할 사람으로 마음 깊이 자리하게 된다.

사람들 사이의 우정이 엷어지고 멀어지는 현대 사회에서는 마음을 터놓고 의지하고 지낼 친한 사람이 별로 없다.

혈육이든 친인척이 아닌 남남이든 자기自己의 속마음을 지극하고도 참되게 알아주는 지기知己가 세 명만 있어도 성공이라고 한다.

평소에 그럴싸하게 보이는 끈끈한 관계 같지만 돈 빌려 달라고 할 때의 태도를 보면 그 깊이를 확인할 수 있는 것이다.

어느 사람의 말과 행동이 일치하면 그 사람의 말은 믿을 수 있고 거짓 없으면 성실한 사람이 된다.

믿을 신信은 사람 인人에 말씀 언言을 합친 문자로, 사람이 하는 말에는 믿음이 있어야 한다는 뜻이라고 한다.

믿을 수 있는 정직한 사람이거나 능력 있는 사람이거나 지혜로운 사람에게 의지하고 싶으며, 그런 사람을 조금의 의심 없이 신뢰하고 믿게 된다.

믿음이 가면 마음을 열고 믿음이 안가면 마음을 닫는다.

마음이 있으면 기꺼이 도와주고 마음이 없으면 인색하다.

마음이 있느냐 없느냐는 돈의 액수가 아니라 마음의 자세와 태도에 있다.

형편이 되는 어느 정도까지 기꺼이 마음을 쓸 수 있으면 진정성이 있는 것이다.

마음이 통하면 자신의 형편 이상으로 마음을 써주며 돕기도 한다.

그 기준은 돈의 크기보다 마음의 크기다.

마음이 있는지 없는지 진짜인지 가짜인지 구분하는 기준은, 바로 가장 도움이 필요할 때 기꺼이 돕느냐 피하느냐를 보고 안다.

도울 조助는 또 차且와 힘 력力이 결합한 모습으로, 큰 돌을 깎아 만든 비석을 세우기 위해 여럿이 힘을 합친다는 의미다.

소위 잘 나갈 때 사람들이 따르고 몰리는 것은, 사람을 보고 몰리는 것이 아니라 인기, 돈, 권력, 명예 등을 보고 오는 경우가 많다.

문전성시를 이루던 많은 사람들도 인기, 돈, 권력, 명예 등이 떨어지거나 없어진다면 사람들도 저절로 떨어져 나간다.

마음이 있으면 후하고 마음이 없으면 인색하다.

어떤 관계도 일방적인 것은 없다.

한쪽에서 믿음이 두텁고 선의로써 베풀더라도 상대가 인색한 마음이면, 마음은 더 이상 흐르지 않는다.

서로 주고받을 때 관계가 두터워진다.

심기心氣도 날씨만큼 자주 다양한 얼굴을 한다.

날씨에는 매일 신경 쓰지만 심기는 잘 살피려 하지 않는다. 심기만 잘 살펴도 어떤 상황이나 환경에 미리 대처할 수 있다.

질투嫉妬에서의 질嫉은 여자 여女와 병 질疾이 합쳐졌고, 투妬는 여자 여女와 돌 석石이 합쳐진 문자다. 즉 집에 있는 여자가 밖에 있는 여자를 투기한다는 의미에서 '질투하다' 의 뜻으로 변했다.

실상 질투와 시기는 어느 특정 인간에게만 존재하는 사악한 마음이 아니다.

정도의 차이는 있지만, 경쟁 상대가 아니더라도 원하는 것을 독차지하거나 더 많이 가지거나 우수한 사람에게 시기심이 생기는 건 어쩔 수 없다.

도량이 좁거나 마음 씀씀이가 작아서가 아니라 모든 면에서 자신이 우선이고 싶은 마음이 도사리고 있거나 욕망 때문이다.

시샘은 남의 일이나 물건을 탐내거나 자기보다 나은 사람들을 부러워하든가 괜히 미워하고 싫어하는 심리 상태다.

즉 시기는 이기심 때문에 남을 미워하는 마음이다.

시기猜忌의 시猜는 개 '견' 에 푸를 '菁' 을 합친 형태로, 개는 색맹이라 푸른 것은 보지 못하니 의심한다는 뜻이다. 기忌는 몸 기己 밑에 마음 '심' 을 받친 문자로, 자기의 일만 생각하느라 남의 일은 생각하지 않아 '꺼려진다, 시기하다' 는 뜻이다.

질투와 시기는 만물의 으뜸이라는 인간에게만 특히나 많이 있는 보이지 않는 독소다.
남을 질투하거나 증오하는 것은 자신의 마음에서 비롯되는 것이며, 마음에 자리 잡은 질투와 시기는 비교를 통해 드러난다.
비교할 비比는 匕(비수 비)자를 겹쳐놓았는데, 두 사람이 우측을 향해 나란히 서 있는 모습을 그린 것으로 서로 비교한다는 의미다.
비교는 원망을 낳는다.
여러 가지 우환으로 원망이 생기고 잠을 이루지 못하기도 하지만, 실제 이상으로 현실을 비관하고 다른 사람과 비교하여 마음에서 생기는 원망이 많아 괴로움은 더 커진다.
원망할 원怨은 누워 뒹굴 원夗에 마음 심心을 받친 문자로, '잠자리에서 뒹굴며 생각해도 울적함이 풀리지 않는다.' 하여 원망의 뜻이 되었다.
원망은 바람에서 나온다. 바람이 없으면 원망도 없다.
심기가 불편하여 오랜 시간 원망하고 분개하고 마음을 다 소진하면 건강을 해치게 된다.

자아의식이 강할수록, 남에게 굽히지 않고 자신의 몸이나 마음을 스스로 높이는 자존심自尊心이 유별나다.

자존심이 유별나게 강한 사람일수록 타인의 조언과 충고를 듣지 않고 고집을 부린다.

자아의식이 팽창하게 되면 자신이 점점 대단한 존재로 느끼게 된다.

사람들은 누구도 자신에게 전혀 관심이 없는데 자아의식이 팽창되면, 모든 사람이 자신을 주목하고 있고 지켜보고 있어 하찮은 일을 할 수가 없다는 착각에 빠진다.

재주는 가졌는데 시대를 잘못 만나 풀리지 않았다며 원망하는 경우도 종종 있다.

한恨은 마음 심↑에 그칠 간艮을 합친 것이다.

어떤 소원을 이루지 못해 마음에 그치면 안타깝다.

소원이 자신의 조건과 재주에 맞으면 성취하지만, 반대로 맞지 않으면서도 소원만 너무 크고 높으면 성취는 없고 한만 남는다.

한恨은 외부의 환경에서 오는 것도 있고 나의 마음에서 오는 것도 많은데, 어쩌면 후자가 더 큰 작용을 하는지도 모른다.

자신의 마음에 담긴 소망과 바람이 재능, 시대, 환경에 미치지 못해 생기는 한스러움이 더 많을 수도 있다.

한이 많고 원망이 많으면 유혹에 가장 잘 흔들리기 쉬운 마음 상태가 된다.

꾈 유誘는 말씀 언言과 빼어날 수秀가 합쳐진 것으로, 뛰어난 말로 남을 달랜다는 데에서 '꾀다' 나 '유혹하다' 는 뜻이다.

미혹할 혹惑은 혹시 혹或(창을 들고 성을 지키는 모습을 그린)과 마음 심心이 결합한 문자로, 괴이하고 이상한 생각이 마음을 현란하게 한다는 뜻이다.

이처럼 마음은 형形으로 드러난다.

마음이 흔들리고 무지하면 막무가내 고집을 부리게 되고 고집이 누그러들지 않을수록 일은 꼬인다.

마음은 날씨처럼 변화무쌍하다.

좋은 현상은 좋은 마음의 발로이고 나쁜 현상은 나쁜 마음의 발로다.

기색, 태도, 말, 행동을 살피면 그 마음을 알 수 있다.

마음씨가 좋으면 좋은 태도가 나오고 행동도 바르며 말도 부드럽고 기색도 밝다.

그러나 마음이 좋지 않으면 태도가 좋지 않고 행동이 바르지 않으며 말도 거칠고 기색도 흐려진다.

날씨가 수시로 변하듯 환경과 상황에 따라 사람의 마음도 변하는 건 어쩔 수 없는 부분이다.

날씨를 천기天氣라고도 한다.

날씨는 우리 생활에 지대한 영향을 끼친다.

그래서 하루의 시작을 날씨가 어떤 지부터 살피고 다들 날씨 변화에 민감하다.

날씨인 천기보다 더 중요한 것은 마음의 날씨인 심기心氣다.

날씨가 어떤지 확인하지 않아 우산을 챙기지 않고 그냥 나갔다면 기껏해야 비 맞아 옷이 젖는 정도다.

그러나 나는 물론 상대의 심기를 살피지 않고 심기를 챙기지 않거나 심기를 건드리면, 큰 불상사나 엄청난 후폭풍에 직면하게 된다.

천기처럼 심기도 수시로 변해 어떤 상태인지 시시각각 확인해야 한다.

인문학에
바탕을 둔 통찰력이야말로
세상사 모든 문제 해결의
진정한 열쇠다

漢字

PART

02

관계/關係

사람들과 친밀한 관계를
형성하면 기분이 좋아지고
그 반대면 우울해진다.
관계가 없으면 외톨이가 된다.

01 | 경청이 소통의 시작이다

'소귀에 경 읽기' 라는 말도 있듯, 그만큼 상대의 말이나 조언을 받아들이기는 어렵다.

그래서 주의를 기울여 열심히 듣는다는 뜻의 '경청' 에 대한 미덕은 늘 강조된다.

경청傾聽에서의 경傾은 사람 인亻에 머리 비뚤어질 경頃을 합친 문자로, '사람의 몸이 기울다' 라는 뜻이다.

들을 청聽은 귀 이耳와 천간 임壬 그리고 덕 덕悳이 결합한 모습으로, '보고 듣고 느끼는 사람' 이라는 뜻이며 누군가의 말을 열심히 듣고 있는 모습을 표현한 것이다.

평범한 사람이 진심으로 귀를 기울여서 아는 사람의 말을 듣거나 조언하여 주는 사람의 말을 새겨들어 마음을 다 잡는다면, 실수를 줄일 수 있다.

상대의 말이나 조언을 잘 들으려면 듣는 사람이 총명하거나 유연해야 한다.

총명한 사람 또는 유연한 사람은 상대의 쓴 소리도 달갑게 듣는다.

귀 밝을 총聰은 귀 이耳와 총명할 총悤이 결합한 모습으로, '귀가 밝다' 또는 '총명하다' 라는 뜻을 가졌다.

'덕이 있는 사람은 상대방의 말을 들을 수 있는 귀가 영민한 사람이고 멀리 볼 수 있는 사람은 총명한 사람이다.' 라고 했다.

곰곰이 생각하고 마음으로 기억하기 때문에 총명하다고 할 수 있다.

경청을 하지 않고 시비만 가리는 데 골몰하고 자기 말만 하고 자기 주장만 하는 사람은 소통은커녕 갈등과 충돌이 일상사가 된다.

세대갈등, 계층갈등, 남녀갈등, 인종충돌, 종교충돌, 무역충돌 등 갈등과 충돌이 많아지는 것도, 각자의 주장만 있고 귀담아 들으려는 경청은 없어 소통이 막혔기 때문이다.

성격이 급하고 상대를 이기려는 마음이 앞서면 십중팔구는 싸움만 한다.

상대의 심기를 살피지 않고 목소리를 올려 자기주장만 하며 상대를 제압하려는 것은, 소통하는 것이 아니라 싸움을 시작하는 것이 된다.

소통疏通은 일방적인 주장이 아니라 상대의 말을 존중하여 듣는 경청에서 나온다.

뜻을 관철시키기 위해 많은 말을 하고 내 주장을 세련되게 채우는 것에서가 아니라 비움에서 오히려 통한다.

소통할 소疏는 발 소疋와 깃발 류㐬가 결합한 문자로, 길을 걷는 것이 물 흐르듯이 매우 순조롭다는 의미다.

달변가라고 소통을 잘하는 것은 아니며 상대의 기세를 꺾는 정밀하고 압도적인 논리로 밀어 붙이는 것도 소통이 아니다.

오히려 역효과가 있어 귀를 닫게 된다.

옛날 공자 일행이 제나라 변방을 지날 무렵이었다.

일행의 말이 남의 밭에 들어가 보리를 다 뜯어먹어버려, 농부가 노발대발하며 말을 빼앗아 돌려주지 않았다.

말주변이 좋은 자공이 이치를 늘어놓았지만 소용이 없었다.

공자는 마부를 2차 사절로 보냈는데, 어쩐 일인지 농부는 아까와는 전혀 다르게 온화한 기색으로 화를 풀었다.

공자가 설득 비결을 물었더니 마부는 '별 것 없습니다. 이 고장의 관습대로 '형님' 이라고 불렀을 뿐입니다.' 라고 했다.

그 마부가 '형님!' 이라고 불러서 된 것만은 분명 아닐 것이다.

지식인 자공과는 다른 태도의 차이와 화법 그리고 상대와의 소통 능력이 좋은 마부의 인간적인 매력이, 화가 잔뜩 난 농부의 마음을 움직였을 것이다.

공식과 원리는 설명이 되지만 매력은 설명이 어렵다.

매력魅力에서의 매魅는 귀신 귀鬼와 아닐 미未가 합하여 이루어진 문자다.

왠지 알 수 없이 마음이 끌리게 하는 것이 매력이라서 설명할 수가 없는 것이다.

사람의 마음을 끄는 것이 매력이라면 사람의 마음을 사로잡는 것을 매혹魅惑시킨다고 표현한다.

매혹시키지는 못할지라도 공연히 시비만 따지고 논리적으로 말로만 밀어붙이면, 소통이 아니라 먹통이 된다.

상대와 진정으로 막힘없는 소통을 하려면, 상대가 어느 나라 또는 어느 지역에서 생활하는지 그 지역의 문화와 특성 그리고 상대의 성향과 심리에 맞추어야 통한다.

자신의 권위를 시시각각으로 확인하려는 본능으로 높은 자리와 위치로 말하는 사람은 불통과 외면에 직면한다.

권위를 너무 높이면 소통이 안 되고 상대와 진정으로 마주할 수 없다.

그러나 권위를 완전히 버리면 격식과 예의가 사라져 품격이 떨어진다.

윗사람은 위라는 자리에서 멀리 큰 것을 보고 아랫사람은 낮은 자리에서 눈 앞의 세세한 것까지 다 보는 것처럼, 위와 아래의 자리는 각기 보이는 것이 다르다.

윗자리 사람이 더 멀리 보고 큰 그림을 그리는 것은 맞지만 더 정확히 보는 것은 아니며, 아랫자리의 사람이 더 세밀하게 볼 수 있지만 큰 그림을 그리지는 못한다.

멀리 보는 윗사람과 정확히 보는 아랫사람이, 서로가 놓치는 부분을 함께 공유하여 어떤 방향으로 나아갈 것인지 의견을 주고받으면 그게 곧 소통이다.

통할 통通은 쉬엄쉬엄 갈 착辶과 골목길 용甬이 결합한 것으로, '골목길을 나와 큰 길로 걸어가니 길이 사방으로 통해 있다.'는 뜻이며 '모두와 통한다.'는 의미도 있다.

소통을 잘하는 사람은 가는 곳마다 파란불이 켜지고 소통을 못하는 사람은 가는 길에 빨간불이 켜진다.

소통은 무엇보다 먼저 경청을 잘 하고 그 다음 자신의 감정이 아닌 상대의 감정을 배려하는 것에서 시작된다.

02 | 관계는 거리에서 나온다

　　동양인은 인맥을 중요시 하는데, 인맥은 곧 관계關係를 의미한다.

가족관계, 친인척관계, 동향관계, 학우관계, 사제관계, 동료관계, 전우관계, 비즈니스관계 등과 혈연관계에서부터 사회관계, 순수한 관계, 이해관계까지 모든 교류를 관계라 할 수 있다.

관계할 관關은 문門에 실 사絲에 꿸 관貫을 합친 문자로, 문에 실을 꿰어 걸어 잠근다는 데에서 둘 이상의 친밀함이 단단히 묶여있음을 의미한다.

계係는 사람 인亻과 이을 계系를 합친 자인데, 계系는 실타래를 손으로 엮는 모습을 그린 것으로 '잇는다.' 또는 '묶다.' 라는 뜻을 가졌다.

이 계系자에 亻자가 더해진 계係는 '사람과 사람 사이를 잇다' 즉 '관계하다' 는 뜻으로 쓰이게 되었다.

뇌 과학 전문가의 말에 의하면 '인간은 사회적인 동물이다.'

즉 인간은 혼자가 아니라 다른 사람과 함께 생존하도록 진화해 왔다고 한다. 인간의 뇌는 사람들과 상호 작용을 하고 서로 연결되어 있다고 느낄 때 가장 건강하다고 한다.

사람들과 친밀한 관계를 형성하면 기분이 좋아지고 그 반대면 우울해진다.

관계가 없으면 외톨이가 된다.

사람들이 서로 오가며 상호 교류 속에서 흡수하고 발전하여 사회를 이루고, 그 속에서 저마다의 다른 능력을 발휘하여 사회가 더욱 발전하는 기틀이 되었다.

처음에는 자연이란 거대하고 두려운 존재와 부딪쳐 맹수들로부터 살아남으려는 생존을 위해 뭉치고 교류하였으나, 현재는 다양한 능력을 가진 사람들이 모여 제품을 생산하고 유통시키며 교류의 폭을 넓힌다.

어떤 형태든 집단으로 모여 교류하는 방식은 분명 위력이 커지고 생존에도 유리하다.

여러 형태의 복잡하고 미묘한 관계의 연결망이 형성되어 관계를 맺으면 시너지 효과도 생기지만, 갈등과 충돌이 일어나는 어두운 단면도 있다.

관계의 피할 수 없는 속성이다.

혼자면 외롭고 집단은 괴롭다.

관계를 매우 중시하는 동양인들에게 효孝, 인仁, 충忠, 례禮 등은 누구나 갖추어야 할 덕목이다.

겉보기는 한없이 이상적이고 고상하며 아름답다.

그러나 관계란 의미를 문자로 풀어보면 '실을 꿰어 걸어 잠그는 빗장' 이란 뜻이 있는 것처럼, 사람과 사람을 묶기에 자유로움은 그만큼 줄어든다.

서로 뭉쳐서 힘과 지혜의 시너지를 일으키게 하는 게 관계가 주는 이로운 면이라면, 관계를 지속하려면 얽매임, 복잡함, 고통도 따른다.

함께 있으면 상대와 맞추어야 한다.

상대와 맞춘다는 것은 자신의 개성을 드러내지 않고 불편을 참아야 한다는 의미다.

사회적 동물인 사람에게 관계는 반드시 필요 되지만, 원하지 않는 것도 참아야만 하는 관계가 있어 억압과 스트레스가 생기는 걸 감수해야만 한다.

가까운 관계일수록 내 것 네 것을 그다지 따지지 않아 아주 쿨 한 것 같지만, 실은 그 내면에 갈등과 충돌이란 속성이 도사리고 있으며 정신적인 영역까지 침해받는 경우도 생긴다.

가까운 관계일수록 지나친 관심이나 개입 또는 참견이 많아진다.

사생활 침해와 간섭을 받고 싶지 않은데 부단히 연락하고 함께 모여서 밥 먹고 술 마시고 놀이를 같이 한다는 것은, 관계 속의 고통으로 작용한다.

요즘 신세대는 관계 자체에 굉장한 스트레스와 거부감을 느껴 회식을 기피하거나 먼저 먹고 자리를 뜨는 일도 심심찮게 일어난다.

친인척관계, 친구관계 등 아주 가까운 사이일수록 예의를 지키고 일정한 거리를 두어야 편하고 오래간다.

가까울 근近은 '두 사람이 길을 가다가 서로 만나 허리를 굽혀 답례하며 맞이하다' 는 의미이다.

가까운 관계일수록 서로 예의를 지키고 말조심해야 한다.

친인척관계나 친구관계도 기본적으로는 비교와 경쟁의 반경 안에 있다.

비교와 경쟁 또는 시기와 질투는 가까운 구도 안에서 이루어지는 경우가 상당히 많다.

때로는 사회 특권층과 비교하며 상대적 박탈감을 느끼기도 하지만, 먼 관계이거나 모르는 사람과의 비교나 시기는 잘 생기지 않는다.

가까운 사람일수록 안전거리 유지가 좋은 관계의 비결이다.

가장 이상적인 관계는 각자의 영역을 확보하고 지키는 것에서 출발한다.

동시에 타인의 영역을 침해하지 않는 것이다.

즉 자신의 물리적인 공간을 확보해야 자신만의 안식처 자유로운 영혼의 쉴 자리가 마련되는 것이다.

각자의 영역을 존중할 때 관계가 더욱 좋아진다.

신비감, 아름다움, 그리고 좋은 관계는 모두 거리에서 나온다.

03 | 유교문화는 변하고 있다

한국인은 공자의 사상에 영향을 많이 받아 예를 중요시하는 문화가 자리 잡아 나이, 신분, 지위 등에 따른 수직적인 위계질서가 분명하다.

서열에 따라 몸을 굽혀 인사하고 술을 마실 때는 고개를 돌려 마시고 아랫사람은 윗사람에 복종하는 문화다.

500년 종갓집에서 치러지는 제사며 차례는 그 격식이 엄청 까다롭고 복잡하다.

예禮는 그릇 위에 제사 음식을 가득 담은 모습을 그린 풍豊과 보일 시示가 합하여 이루어 진 문자로, 풍성하게 차려 놓고 '예의를 다한다.' 라는 뜻이다.

유교 문화는 인간으로서 갖추어야 할 도덕규범과 인격의 이상적 실현을 목표로 삼아 많은 사람들을 교화시켰지만, 약자에 대한 억압과 철저한 복종과 희생이 강요되는 고통이 숨어 있다.

지배계급이 피지배계급을 다스리는 데에 매우 유용하게 쓰인 유교 문화는 좋은 점도 많지만 부작용도 만만치 않다.

윗사람에게는 한없이 예의바르고 아랫사람에게는 함부로 대하는 것이라든가 또는 우월한 지위에서의 갑질은 유교문화를 잘못 받아들인 폐단이다.

유교의 발생지인 현대의 중국에서는 공자 사상을 비판하였기에 겉모습의 자세에서 예는 찾아보기 어렵다.

두루두루 평등하고 누가 위인지 아래인지 티가 잘 나지 않는 중국에서는, 존댓말도 없고 또한 나이에 따른 서열이 엄격하지 않을뿐더러 위아래 열 살 차이도 친구가 될 수 있는 수평적인 관계다.

수평적인 인간관계는 수직적 관계보다 억압도 줄어들고 훨씬 자유롭다.

보이는 예는 형식에 가깝다.

그러나 법도는 보이지 않으나 격식이 까다로워 훨씬 어렵다.

한국인은 예의지국의 국민답게 예의를 대단히 중시한다.

예의를 중시하여 이미지가 좋은 한국인들은 태도도 좋아 외국인들에게 좋은 첫인상을 준다.

모습 態태는 능할 能능과 마음 心심이 합쳐진 글자로, 마음이 착하고 아름답다는 데에서 태도의 뜻이 되었다.

중국인도 예의를 중시하지만 스타일은 다르다.

변통과 융통에 익숙한 중국인들은 겉모습의 자세에서 예의는 별로 없지만, 관계와 처세에서는 의외로 규칙과 예의가 복잡한 특색이 있다.

복잡하게 예의가 지나치면 초면의 관계에서 멈추어져 가까워지기 어렵게 만든다.

거리감이 좁혀지지 않으면 친한 관계로 발전하기 어렵다.

유교 문화는 예로 포장된 단면도 있다.

이미지가 좋게 포장되면 실제의 속 모습을 판단하기가 더 어렵다.

좋은 이미지가 좋은 첫인상을 남기지만, 실체가 다를 때에는 그 실망은 몇 배나 커진다.

남을 공경하는 의미에서 예를 행하는 것은 좋은 것이지만, 예를 행하는 형식과 내용 중 어느 것이 중요한 것인지는 예전부터의 논쟁거리였다.

그래서 유교 문화의 폐해에 대해 논란이 많았고 마오쩌둥은 유교문화 전통에서 벗어나려 했다.

실제로는 그렇지 않은데 꾸며서 굉장히 예쁜 사람처럼 보이게 만드는 게 얼굴 화장이라면, 화장보다 더 무서운 게 허례허식이다.

바탕이 꾸밈보다 두드러지면 거칠거나 촌스럽고, 겉꾸밈이 바탕보다 두드러지면 허례허식으로 사치이다.

꾸밈새와 본바탕이 알맞게 어우러지면 우아하다.

예禮는 상대를 대면하여 마땅히 지켜야 할 도리 또는 예식이나 예법을 뜻하거나 재물을 풍성하게 차려 자신의 마음을 표현한다는 의미도 갖는다.

따라서 예는 체면과 연관되어 있으며 예를 다해야 체면이 선다.

마음을 크게 쓰지 못하고 예를 다하지 못하면 체면은 서지 못한다.

인간의 기본 도리를 못하면 예의 없는 것이고 체면도 없는 것이 된다.

예는 관념과 형식에 가깝고 법도는 의식과 규칙에 가깝다.

규칙規則은 여러 사람이 다 같이 지키기로 작정한 법칙 또는 정해진 질서를 뜻한다.

규規는 상투를 틀고 비녀를 꽂은 성인 남자를 그린 것으로 '지아비'나 '남자' 라는 뜻을 갖고 있다.

지아비 부夫와 볼 견見이 결합한 규規는, '어른의 안목' 이라는 뜻으로 '어른의 안목은 옳다.' 라는 의미에서 법규나 법칙을 의미하게 되었다고 한다.

법도 척尺과 입 구口가 조합된 국局은 말하는 입을 자로 재고 규범화한다는 의미다.

즉 자로 입이 하는 말을 판단한다는 뜻은, 곧 말하는 것을 제한하는 것이며 무엇을 말하지 않아야 하는지 선을 긋는 것이다.

게임의 규칙과 기준을 정하는 자가 주인이다.

예전에는 나이, 신분, 계급, 직급, 서열로 예의와 법도가 정해졌지만, 오늘의 신세대는 유교문화처럼 지배계급이나 연장자를 존중하거나 복종하기에 앞서 상호 존중하기를 바란다.

일에서는 상하가 있는 수직관계이고 사람과 사람끼리는 수평적이고 상호 존중할 때, 관계는 원활해지고 일도 원만하게 해결된다.

04 | 밥 먹을 줄 아는 것도 능력이다

　　한국이든 중국이든 동양 문화권에서는 모임이 많고 회식도 잦은 공통점이 있다.

중국어로 회식은 '후이찬會餐' 또는 '판쥐飯局'라고 하는데, 후이찬은 단순히 직장 동료 등이 모여 식사를 하는 것을 가리킨다.

모일 회會는 쌀을 찌는 도구에 뚜껑을 덮는 모습을 표현한 것으로 음식을 보관하는 찬합을 형상화한 것이다.

도구와 뚜껑이 합치는 데에서 '만나다' 라는 의미를 가지게 되었다.

차를 마시고 밥을 먹듯 일상적으로 하는 일을 '다반사' 라고 말한다.

공자가 관리였을 때 조를 월급으로 받았다고 할 정도로 쌀은 귀한 것이었는데, 쌀을 찌는 도구로 음식을 만든다는 것은 당시로서는 대단한 정성과 격식을 갖춘 회식이라고 할 만하다.

모일 회會에 밥 찬餐을 합친 후이찬會餐은, 말 그대로 모여서 음식을 먹는 걸 의미한다.

중국인들은 저녁에 모임을 많이 하고 모임에는 식사가 빠지지 않는다.

아침을 대충 때우는 중국인들은, 하루 식사 중에 저녁 식사를 가장 푸짐하게 즐긴다.

'밥 한 끼 먹자!' 라는 말은 '함께 만나서 교류하자!' 라는 신호다.

밥을 먹자는 것은 곧 너와 친해지고 싶다는 의미다.

밥을 같이 먹고 싶어 하는 상대가 된다는 것은, 통하는 사람이거나 가치 있는 사람임을 의미한다.

그 사람들과 한 끼 식사를 하는 것만으로도 영광이고 행복 그 자체가 된다.

'밥 한번 먹자' 라는 말은 함께 모여 친목을 다지자는 표현이기도 하다.

밥이 없거나 밥이 귀하여 밥을 함께 같이 먹던 시대는 지나갔다.

밥을 먹는 것도 결국 밥을 먹고 싶은 사람과 교류하는 행위다.

함께 식사하고 싶지 않은 사람이거나 부담되는 사람이거나 통하지 않는 사람은, 밥을 사주겠다고 하여도 이 핑계 저 핑계 대고 만나려 하지 않고 같이 밥 먹고 싶어 하지 않는다.

'지기知己를 만나면 천 잔의 술도 적고 말이 통하지 않으면 반 마디 말도 많다.' 라는 말도 있다.

덕이 있는 사람은 외롭지 않다고 하였다.

돈이 많이 있다고 식사 같이하자며 사람이 따르는 것이 아닌 걸 보면, 물질적인 것은 살 수 있지만 우정, 사랑, 존중, 행복 같은 정신적인 것은 돈으로 살 수 없다는 게 확연해진다.

돈이 만능인 자본주의사회지만, 여전히 인격이 우수한 사람이여야 인기 있고 찾는 사람이 많고 식사할 사람도 많아 심지어 숨어 다녀야 할 정도가 된다.

워렌 버핏과 점심 한 끼를 먹으려면 엄청난 돈을 기부해야 한다는 조건이 붙는다지만, 그를 만나는 것 자체를 영광으로 대기하는 사람들이 많다는 것처럼 말이다.

부자나 권력자는 많은 사람들이 쫓아다니지만, 이해관계로 먹는 밥은 목적이 있는 만남이어서 먹고 싶은 밥보다는 먹어야만 하는 밥이 많다.

권력과 돈만 있고 덕이 없으면 함께 먹고 싶은 밥은 아니다.

덕은 곧을 직直에 조금 걸을 척彳과 큰 덕悳을 합친 문자로, 옳고 진실한 마음을 갖는 행위라는 데에서 덕의 뜻이 되었다.

물론 돈과 권력이 생기는 식사모임은 이익이 있기 때문에 좋을 수도 있다.

그러나 마음으로 같이 만나고 식사하기보다 머리로 계산된 식사모임이 된다.

지적인 모임은 지식, 지혜, 예술을 접하며 격조 있는 우아한 분위기의 가장 이상적인 모임으로, 함께 자리하여 먹고 싶어 하는 모임이다.

이익을 따지고 격식을 갖추는 식사 모임인 '판'은, 분위기가 확연히 달라 감성적이고 따뜻한 기운은 찾아보기 어렵다.

지극히 정치적이고 각자의 입장에서 두뇌싸움과 기 싸움을 하고 있는 형국이다.

어떤 모임이든 함께 먹고 싶은 밥이 있고 먹고 싶지 않은 밥이 있다.

또는 먹어도 되는 밥이 있고 먹어서는 안 되는 밥이 있다.

먹을 때는 황제 같은 밥상의 황홀한 식사자리였지만, 먹은 밥이 소화불량 상태가 되어 후회되는 밥도 있다.

맞지 않으면 좋은 식사모임이 아니다.

밥도 공과 사를 구분하여 먹어야 안전하다.

순수하지 않고 이해관계가 복잡하게 얽힌 밥을 먹었다가 탈이 나듯, 해가 되는 밥도 있다.

소화가 안 되고 체하여 치료해야 하는 날이 오기도 한다.

훗날 그 먹지 말았어야 할 밥 때문에 평생을, 후회하는 일이 생기기도 한다.

좋은 사람과 만나 식사하는 건 사람을 성장하게 하는 밥이 되지만, 나쁜 사람과 만나 식사하면 체하는 밥이 되고 만다.

05 | 오만하면 원숭이 된다

미칠 광狂은 큰 개 견犭과 임금 왕王이 결합한 문자로, 개가 왕이 된 것처럼 미쳐 날뛰니 '미쳤다'를 뜻하게 되었다.

미칠 광狂이란 글자를 더 깊게 보면, 남이 감히 못하는 말을 과감하게 하며 남이 행동하지 못하는 행동을 스스럼없이 하는 것을 가리킨다.

거리낌 없이 한다는 뜻이기도 하다.

얼핏 보면 그런 행동이 쿨하고 멋져 보일 수도 있고, 속 시원하게 할 말 하며 하고 싶은 행동을 과감히 하여 대장부 같아 보일 수 있다.

그런데 문제는 과하면 광기狂氣가 생긴다는 것이다.

누구나 순탄하게 일이 잘 풀려 좋은 자리를 얻고 돈 많이 벌거나 인기가 있으면, 어깨에 힘이 들어가고 자신감이 충만하여 오버하는 경우도 생긴다.

크고 작게 형식의 차이는 있어도 누구나 착각하기 쉽다.

자신을 실제 이상으로 대단하게 여기고 잘났다고 자만하며 착각한다.

잘나고 못난 것은 높은 사람이나 부자 또는 엘리트들만의 판단 영역이 아니라 상대적인 것이다.

잘난 사람만이 해당되는 것이 아니라 누구나 일이 술술 잘 풀리고 인기가 있고 돈과 힘이 생기고 사람들이 치켜세우고 추종하면 착각에 빠지기 쉽다.

사람들이 치켜세우고 추종하면 마음이 점점 오만방자해져 대단한 인물처럼 여기거나 신이 된 듯 착각하는 것은 자신감 과잉 증상이다.

잘난 것 없어도 스스로 잘났다고 여기기도 한다.

지난날보다 조금 안다고 착각하고 어제보다 조금 가졌다고 오만하는 내일은 더 높아질 것이라고 오판하기 쉽다.

갑자기 사업이나 장사가 잘 되어 졸부가 되면 상대적으로 우월하다고 느끼며 착각하는데, 그건 광기에 휘말린 신호다.

운전이나 직장 생활 또는 장사나 사업에도 단계마다 특징이 있다.

초보단계는 위축되어 있어 상당히 온순하고 순진해 보이는 단계이다.

순수할 순純은 가는 실 사糸와 진을 칠 둔屯이 붙여진 문자로, 누에고치에서 갓 뽑은 아직 염색되지 않은 희고 반짝이는 비단실처럼 '순수하다' 라는 뜻이다.

초보 단계 즉 새내기 때에는, 대부분 긴장하고 위축되어 상대가 실제보다 더 커 보여서 말도 잘 듣고 착하다.

그러나 중간 단계 되면 초보 때의 순수함이나 긴장감은 사라지고 자신감이 생겨 표정과 태도도 변한다.

말년 병장이 되면 자신감이 팽배하여 어느덧 선임이라는 티를 내고, 자신도 모르게 군대 내의 선임이라는 위치에서 막무가내 언행을 하는 경우도 많다.

어느 정도 익숙해지거나 유리한 위치를 차지하면 뭔가 된 것처럼 취하여 제멋대로 행동하는 오만방자함은, 미칠 광狂의 단계에 해당된다.

특히 상대가 약하거나 무지하거나 세가 없다고 여기면 광기狂氣에 휘말려 눈에 보이는 것이 없고 들리는 것도 없다.

오로지 자고자대自高自大한 마음으로 근거 없는 자신감이 팽배하는 단계에 까지 이르면 비대해진 자신만 보인다.

이때가 원숭이 엉덩이를 보이는 단계이다.

빨간색 엉덩이는 본인만 안 보인다.

남들은 모두 보고 웃고 있지만 정작 자신만 모르고 함부로 행동한다.

인간은 누구나 착각하는 시기가 있고 특히 젊었을 때에는 더욱 그렇다.

잘나가면 자신도 모르게 교만하게 되기 싶다.

교만 교驕는 말 마馬에 높을 교喬가 합쳐진 글자로, 말을 탔다고 높이 올라앉는 것처럼 행동하는 것을 뜻한다.

마음과 자세에서 교만함이 보인다.

자신은 자신의 마음과 기색 자세를 모르지만, 상대는 우쭐한 모습이나 기죽은 모습을 바로 알 수 있다.

처음에는 쭈뼛쭈뼛 긴장하게 되고 허리를 굽히는 자세였다가, 중간쯤에는 뭔가 아는 것 같아 자신감 과잉으로 머리를 당당하게 드는 것은 물론 심지어 턱을 쳐들고 가슴을 내밀고 걷기도 하는 시기가 있다.

그러다가 시간이 더 지나 익숙한 시기가 되면, 뻣뻣했던 몸이 유연해지고 기운도 온화하며 겸손해지는 과정을 거친다.

깨달을 오悟는 마음속으로 자신의 위치를 알고 자신의 능력을 헤아려 상황을 파악하는 것을 깨닫는다고 한다.

06 | 인간관계를 잘 맺는 건 능력이다

인간人間이란 한자어를 풀어 보면, 사람 인人과 사이 간間은 사람과 사람 사이를 말한다.

세상만사 모든 것은 사람과 사람 사이에서 펼쳐진다.

웃고 울고 화내고 싸우는 것도 사람과 사람사이에서 생긴다.

상대가 없으면 화나게 할 일도 없고 기분 좋게 할 일도 없다.

혼자가 아니라 사람끼리의 상호 작용으로 행복감과 불쾌감이 생기는 것이다.

인간관계는 동서고금 모든 문화권을 막론하고 어렵다.

모두가 우호적이고 사랑과 평화가 있는 이상적인 인간관계를 만들어 서로 다투지 않고 전쟁 없이 사이좋게 지내고 싶어 한다.

그러나 세상은 한정된 자원인 먹이, 돈, 자리, 명예 같은 것을 두고 서로 다툴 수밖에 없는 것도 엄연한 현실이다.

모든 종교는 사랑과 평화를 소망한다지만 종교마저도 갈등과 충돌로 수많은 전쟁이 일어났다.

예수님이 '오른뺨을 때리면 왼뺨을 내밀라' 고 말씀 하셨지만, 이상과 현실은 달라 실상에서는 양쪽 뺨을 때리기 일쑤다.

고상한 말일 뿐 현실에서는 인내와 양보가 참으로 어렵다.

양讓은 말씀 언言과 도울 양襄이 합친 것으로, 힘든 상황에 놓인 사람에게 양보해준다는 의미라고 한다.

가까운 가족관계 부터 친구관계, 동료관계, 상하관계, 비즈니스관계 등 수 많은 관계 속에서 엮이고 부딪치며 살아가면서, 인간관계를 잘 맺고 잘 풀어가는 게 쉽지만은 않다.

어느 소년이 현자에게 나도 행복하고 남도 행복해지는 방법에 대해 물었다.

첫 번째 - 자신을 남처럼 생각하라. - 자신을 남처럼 생각하면 감정적이거나 주관적이 아니고 이성적이고 객관적으로 되어 기분이 좋고 나쁨에 따라 행동하지 않게 된다. 즉 깨어 있을 수 있다.

두 번째 - 남을 자신처럼 생각하라. - 다른 사람을 내 자신처럼 생각하면 그 사람의 입장이 되어, 그 사람의 일을 내 일인 것처럼 생각하고 다른 사람과 같이 공감하고 이해하고 배려하게 된다.

세 번째 - 남을 남처럼 생각하라 - 남은 남이다. 남을 내 마음대로 재고 평가하고 고치겠다는 마음을 경계해야 한다.

네 번째 - 자신을 자신처럼 생각하라. - 자신을 누구보다도 잘 알기에 자신을 소중하게 여기고 자신을 아낀다. 자신의 마음부터 밝고 맑게 하고 건강도 챙기면 남도 나처럼 사랑할 수 있다.

여기에 한 가지 더 있다면, 인간과 인간은 공통점이 있어야 자연스럽게 뭉쳐진다.

관계는 인위적으로 자주 연락하고 가까이 다가간다고 맺어지는 게 아니라, 공통의 분모 즉 가치관, 관심사, 취향, 추구, 수준 등이 비슷하거나 말이 통해야 함께 모인다.

관계는 인연이 있어야 맺어진다.

인연이 관계의 핵심이다.

인연이 있으면 만나게 되고 인연이 없으면 못 만나고 만나더라도 헤어진다.

인연의 핵심은 어떤 공통점이 있느냐이다.

우리는 가까운 관계면 가까이 붙어 있고 자주 연락해야 좋은 관계를 유지하는 것으로 생각한다.

관계를 맺는 방법이 인위적으로 자주 연락하고 자주 만나는 것이 비결이라는 고정관념이 있다.

그러나 관계의 인연은 인위적으로 억지로 연결하고 만나려 한다고 맺어지는 것이 아니다.

인간관계는 일방적인 것이 아니라 강요할 수 없는 필연적인 상호작용으로 인연이 생긴다.

친한 관계일수록 거리 유지를 해야 오래 좋은 관계가 이미지고, 관계를 맺을 때에도 일정한 거리 유지가 있어야 자연스럽게 맺어진다.

적당한 거리가 관계를 오래 유지하는 비결이다.

막을 거距는 발 족足과 클 거트가 결합한 모습으로, 닭의 앞발톱과 뒤발톱이 서로 멀리 떨어져 있다는 뜻이다.

친한 친구와 룸메이트가 되어 한 집에 오래 붙어 있으면 친구관계에 금이 가는 일이 생길 수 있다.

동업한 친구와 원수 되는 것도 모두 거리가 너무 좁아 반경 안으로 들어가 부딪치며 생기는 일이다.

남녀가 사랑한다며 죽자 살자 하여 결혼했지만, 많이 헤어지는 것만 보아도 알 수 있다.

같은 공간에 너무 붙어 있으면 부딪치기 마련이고 소홀히 하기 쉽다.

관계는 맺어지기가 어려워 오랜 시간이 걸리지만, 관계를 깨는 데에는 순간이다.

그리고 한 번 깨진 관계는 원상복구가 사실상 매우 어렵다.

깨트릴 파破는 돌 석石에 가죽 피皮를 합친 문자로, 돌의 표면이 깨진다는 뜻이다.

파괴는 쉬워도 관계를 맺기는 어렵다.

감정이 깨지는 것이나 거울이 깨지는 것이나 비슷하여 다시 붙이려 해도 붙여지지 않는다.

같은 것끼리 모이는 유유상종 그리고 적당한 거리와 적절한 빈도가 좋은 관계를 오래 유지하는 비결이다.

07 | 참는 데도 한계가 있다

참을 인認은 칼날 인刃 밑에 마음 심心을 받친 문자로, 마음 심心 위에 칼날이 위협하고 있으니 두려워서 '참는다.' 는 뜻이다.

살아가면서 참고 견디어내야 할 일이 많고도 넘친다.

그래서 인내를 강조하는 교훈도 많다.

예전 당나라 때의 고위 관리 누사덕婁師德은, 이제 막 관리의 길에 들어선 동생에게 물었다.

"동생이 누구를 화나게 하여 동생의 얼굴에 침을 뱉거든 어떻게 할 것인가?"

"아무렇지도 않은 듯 참고 묻은 침을 닦아내겠습니다."

동생은 관리로서 이런 정도라면 충분하다는 생각으로 대답한 것이다.

그러나 형 누사덕은 이렇게 말한다.

"그게 아니야. 얼굴에 묻은 침이 저절로 마를 때까지 그냥 두어야해. 그래야 상대의 화가 누그러지는 것이야."

남에게 순간 지는 건 작게 지는 일이지만, 화에 지면 인생 전체가 지게 된다.

인내 없이 이루는 일 없다.

큰 뜻은 모두 인내를 거쳐 이루어지는 것이다.

그러다보니 인내를 좌우명으로 삼기도 한다.

인내가 반드시 필요하지만, 무한정 끝없이 참는 인내는 독으로 작용하기도 한다.

맞지 않는 것에 뜻을 두고 인내로 버티면 인생이 인내가 되는 경우도 많다.

참을 인을 미덕으로 삼는 유교문화 영향권의 사회는, 참는 데 익숙해져 무조건 참는 경우가 대부분이다.

꼭 견뎌내야 할 인내라면 참아야 하지만, 인내 역시 한계는 있다.

상황에 따라 참을 것이 있고 참지 않을 것이 있다.

우리에게 맞는 사람과 맞는 일이 있고, 맞지 않는 사람과 맞지 않는 일 또는 맞는 환경과 맞지 않는 환경도 있다.

맞지 않으면 맞게 만들고 그래도 맞지 않으면 참지 않고 포기하는 것도 때로는 전략이다.

인성이 떨어지는 사람일수록, 약한 상대를 공격하며 스트레스를 해소하거나 사람들에게 자신의 강함을 과시하고 우쭐하며 자신의 존재감을 확인하고자 한다.

상대가 약하다고 공격해서도 안 되지만, 상대가 나를 약하다고 공격

하고 괴롭히는 걸 가만히 있는 것도 자신을 지키는 걸 포기하는 것
이나 마찬가지다.

상대의 공격과 괴롭힘 또는 무례를 그냥 가만히 두고 참기만 한다
면, 상대는 동의하는 것으로 보고 더욱 심하게 괴롭힌다.

가만히 참기만 하는 것은 상대가 함부로 해도 된다는 신호를 보내는
것과 같다.

중국의 마오쩌뚱은 '다른 사람이 나를 범하지 않으면 나도 남을 범
하지 않는다. 그러나 다른 사람이 나를 범하면 나는 반드시 그를 범
한다.' 라는 말을 했다.

범할 범犯은 개 견犬과 병부 절卩(무릎을 꿇고 있는 사람을 그린 것)이 합
쳐진 문자로, 개에게 공격당한 사람이 쓰러져 있는 걸 의미한다.

동물 세계에서 약한 동물이 공격당하는 것처럼 인간 세상에서도 약
한 사람이 공격당하는 일은 흔히 일어난다.

약자를 공격하는 강자에게 참기만 하고 행동을 취하지 않는다면, 허
락한다는 잘못된 신호를 보내는 것과 같다.

자신은 자신이 우선 지키는 것이다.

자신의 힘이 약할 때는, 도움을 요청하고 방어하고 알리면서 여러
가지 방법을 사용하여 적극적으로 자신을 지켜야 한다.

누구든지 자신을 만만하게 대하지 못하도록 굳건한 자세가 있어야

한다.

오른쪽 뺨을 치면 왼쪽 뺨을 내민다는 양보하고 참는 자세는 상대를 더욱 기를 세워주는 격이 되고 만다.

상대가 오른뺨을 치면 양 뺨을 후려칠 각오가 되어 있어야 상대가 함부로 대하지 못한다.

벌레가 몸을 굽히는 것은 위험에 부딪힌 자신을 지키기 위한 것으로 반드시 몸을 반듯하게 펴고자 하는 것처럼, 훗날의 성공을 위해 잠시 몸을 앞으로 굽히는 것은 나쁜 게 아니다.

그러나 일방적으로 계속 남에게 눌리어 업신여김을 받는 것은 굴욕이다.

모욕을 받아들이면 나의 자존심은 없어지는 것이나 마찬가지다.

상황에 따라 굽히는 척을 해야 생존에 유리하지만 끝없는 굽힘은 비굴이다.

갑질하는 사람은 을의 인내를 보고 계속 공격을 가하는 게 습관이 된다.

갑질은 을의 인내로 이어진다.

을의 반격이 있으면 갑질은 이어질 수 없다.

칠 격擊은 수레 끌 수轂와 손 수手자가 결합한 모습으로, 수레를 타고 손에는 무기를 들고 '적을 공격하다' 또는 '치다' 라는 뜻이다.

부당한 대우나 갑질을 무한정 참는 데서, 더 나쁜 결과가 생기는 경우가 많다.

약할수록 뭉치고 협심하여 지혜를 모아 대응하는 게 상책이다.

대항하고 저지하지 못하고 참기만 하는 것은, 오히려 나쁜 행동을 하는 상대의 기를 살리고 약자를 아무렇게나 대해도 된다는 무언의 동의를 하는 것과 같다.

문제를 해결하려는 사람은 방법을 찾고 회피하는 사람은 문제를 더 키운다.

참을 인의 기준은 어디까지일까?

인내忍耐에서의 내耐는 이而에 법도 촌寸을 합친 문자로, '법도에 따라 참고 견딘다.' 라는 뜻이다.

참된 법도에 따라 또는 순리대로 참는 것이다.

법도가 아니고 순리를 벗어났는데 무조건 참는 것은 능사가 아니다.

참을 것은 참고 참지 말아야 할 것은 참지 않는 것이다.

그 기준은 법도와 순리 그리고 상식이다.

법도와 순리 그리고 상식을 벗어나는 순간이 인내의 한계선이다.

상대의 공격에 소극적 수동적으로 대응하거나 침묵은, 이미 어긋난 상대의 기세를 더욱 키워주는 발판이 된다.

상대의 행동이 도리에 어긋나고 이치에 맞지 않는 것이라면, 정정당당히 맞서 바로잡아야 한다.

그래야 자신을 지킬 수 있고 내가 나의 주인이 된다.

그러려면 무엇보다 용기, 지혜, 힘을 키워 놓아야 한다.

漢字

번뇌/煩惱

돈만 있어도
행복할 수 있는 것은 아니지만
돈만 없어도
불행한 것은 분명하다.

01 | 출세는 성공이 아니다

우리는 종종 출세와 인생 성공을 혼동한다.

엄격히 말하면 스타나 권력자 또는 유명한 사람이 되면 출세이며, 성공은 아무나 할 수 있어도 출세는 아무나 할 수 없다.

출세한 사람은 마인드와 습관이 일반인보다 남다르고 무엇보다 재능이 뛰어나며, 보통의 일반적인 사람들에게는 없는 타고난 자질과 감각이 있다.

일반인들은 아무리 노력해도 출세한 사람들이 태어나면서 타고난 자질과 감각을 그들로부터 조금도 배울 수 없다.

노래를 아주 잘하는 사람, 춤을 아주 잘 추는 사람, 글을 아주 잘 쓰는 사람, 장사를 아주 잘하는 사람, 악기를 아주 잘 다루는 사람, 말을 아주 잘하는 사람, 음식을 아주 잘하는 사람은 타고난 재주와 재능이 있어 즐길 줄 안다.

잘하는 차원을 넘은 진짜 최고는 배우는 것이 아니라 즐기면서 터득하는 것이다.

타고난 천재도 재능에 더하여 신과 교감하듯 시시때때 작동하는 영감을 바탕으로, 명작이나 명품을 탄생시키고 실력을 갈고 닦아 최고의 성취를 이룬다.

음악가가 차안에서 또는 커피숍에서 혹은 거리를 걷다가 영감이 떠올라 곡을 30분 만에 만들었다고 하며, 영감이 떠오르지 않아 머리를 쥐어짜고 이리저리 궁리해도 안 되어 괴로워하는 경우도 많다고 한다.

성공할 성成은 무성할 무戊안에 장정 정丁을 넣은 것으로, '혈기 왕성한 장정(丁)이 목적한 대로 일을 이룬다.' 는 뜻이다.

공功은 장인 공工(工은 땅을 다지는 도구를 그린 것)에 힘 력力을 합친 문자로, 힘(力)을 써 성과 둑을 쌓는다는 의미다.

능력에 맞게 누구나 목표 안에서 공을 들이면 자신의 그릇 만큼 성공할 수 있다.

세계적인 경영의 대가인 '워렌 버핏' 이나 '이나모리 가즈오' 같은 천재적인 사업가에게 배운다고 출세하고 성공하는 것은 아니다.

출세出世는 세상에서 두드러지고 우뚝 선다는 뜻이다.

출세는 어려워 할 수 없더라도, 각자가 노력하여 소박한 성공을 이루었다면 출세 못지 않게 값진 것이다.

성공한 사람들의 기업가적 마인드나 좋은 습관을 따라 익히면 지금의 자신보다 분명히 좋아진다.

그러나 그 어떤 경우에도 '이나모리 가즈오' 나 '워렌 버핏' 은 될 수 없다.

예술가 역시 마찬가지다.

최고의 예술가들은 천재적인 예술 감각을 타고나 특출하게 잘 하는 것은 물론이고, 즐기는 데에다가 노력까지 더해져 최고가 되는 것이다.

즐기는 자는 아무도 이길 수 없다.

공부, 예술, 사업은 모두 재능의 영역이다.

재능이 있으면 즐긴다.

천재의 99%는 노력이고 천재성이 1%라고들 하는데, 그만큼 노력을 했다는 얘기지 실제로는 천재성이 결정적인 요소다.

천재는 배워서 된 것이 아니라 타고난 것이며 천재적 기질을 타고나야 천재로 만들어진다.

하늘이 내린 재능이나 재주를 가진 즉 씨앗인 재才가 있는 천재와는 달리, 일반인들에게는 천재적인 씨앗이 애초에 없는 것이라 할 수 있다.

여기에 더해 천재에게는 하늘이 내린 재주를 알아보는 천재 스승의 조련으로 한층 다듬어지고 세련미가 더해지기 마련이다.

일반인들은 천재 스승을 만날 기회도 없을뿐더러 만나다 하더라도 통하지 않고 스쳐 지나간다. 천재는 천재를 알아보기에 재능 없는 일반인과는 연이 닿지 않는다.

그릇이 되는지는 재능 분석이 먼저인데, 욕심과 미련에 집착하여 첫 단추가 잘못 끼워져 잘못된 길로 들어서는 경우도 많다.

출세는 노력의 영역이 아니다.

출세하거나 성공한 사람에게서 배울 것이 많지만, 일반인들은 오히려 실패한 사람에게서 배울 게 더 많을 수도 있다.

실패할 실失은 손 수手에 새 을乙을 합친 문자로, 손에서 무언가 떨어지는 모습을 표현한 글자로서 '잃다' 라는 의미다.

패할 패敗는 조개 패貝에 칠 복攵을 합친 자로, 패貝는 고대에서 화폐의 역할을 한 것인데 이를 두드려서 깨트려 버린다는 뜻이다.

다른 사람의 실패에서 그 원인을 간접으로 배울 수 있으며 시간과 에너지 소모를 막을 수 있어, 실패를 분석하고 연구하는 것이 성공보다 못지않게 중요하다.

어느 청년이 취업을 하려고 원서를 접수시켰는데, 1차 면접에서 떨어지고 말았다.

12번의 취업과 12번의 실직을 했다는 이유였다.

그런데 그 청년은 2차 면접 장소에 기어이 나갔다.

면접관은 이미 1차 면접에서 떨어졌으니 당연히 2차 면접에 응시할 자격이 없다고 하였다.

그러나 그 청년은 단호하게 말하였다.

"저의 12번의 실패는 저의 잘못이 아니라 다니던 회사들이 문을 닫아 12번이나 그만두어야 했기 때문입니다. 저는 그 과정에서 실패의 원인을 배웠습니다. 이처럼 저는 남다른 값진 경험을 쌓았으니 이는 실패를 줄일 수 있는 저만의 장점이라 실망시키지 않을 수 있습니다."

1차 면접에서 떨어진 청년이 당당하게 설명하자, 면접관들 속에서 함께 응시자들의 면모를 살피던 나이 많은 한 사람이 말했다.

"당신 합격이요."

그렇게 말한 사람은 면접관들도 헤아리지 못한 부분을 예리하게 살피던 이 회사의 창업주였다.

13번째 회사를 다니게 된 그는, 12번의 실패를 보면서 많은 것을 배웠고 역시 많은 것을 깨달았을 것이다.

자신도 실패를 성공의 발판으로 삼았던 창업주는, 실패를 생생하게 현장에서 경험한 청년이 직접 체득한 경험을 높이 샀다.

창업주는 다니던 회사가 12번이나 망하는 과정을 지켜보았다는 것 자체가 누구도 갖추지 못한 값진 자산이라고 인정하여, 서류전형에서 부터 탈락한 청년을 파격적으로 뽑았던 것이다.

대부분의 실패는 규칙을 모르거나 규칙을 위반하는 데에서 생긴다.

정치, 경제, 문화예술, 스포츠, 종교 등의 모든 분야 그리고 인생에서는 잘 보이지 않는 숨은 규칙이 있다.

교통 규칙을 위반하면 교통사고가 나는 것처럼, 삶의 규칙을 지키지 않으면 삶에 문제가 생긴다.

인문학에서는 삶의 규칙과 이치에 대해 잘 말해 주고 있다.

누구나 인생 초보이기에, 인문학 그리고 남의 출세와 성공 또는 실패에서도 배울 수밖에 없다.

실패에서 배우면 실패를 막을 수 있다.

다른 사람의 실패와 간접 경험은, 그만큼 시간적, 경제적 손실은 막으면서 실패의 원인을 알아 실패를 막을 수 있게 만든다.

실패의 경험은 성공의 경험만큼 또는 성공의 경험보다 더욱 중요할 수도 있다.

성공의 마인드나 자세는 배울 수 있지만, 자질과 능력은 배울 수 없다.

그러나 실패에서 그 교훈을 얻어 실패를 피하면 반은 성공이다.

패할 패敗에 대한 다른 해석에는, 신에게 제사를 지낼 때 쓰는 신성한 솥이 깨졌다, 즉 '적에게 패배했음'을 상징하는 의미에서 '패하다'가 되었다고도 한다.

'이기고 지는 것은 병법에서 늘 있을 수 있는 일 (승패병가지상사勝敗兵家之常事)' 이라고 했다.

실패는 영원한 실패가 아니라 값진 경험이자 누구도 모방할 수 없는 큰 무형 자산이 될 수 있다.

실패에서 배우면 성공에 가까워진다.

출세는 아무나 할 수 없지만, 성공은 누구나 할 수 있다.

자신의 자질과 재능에 맞는 목표를 설정할 때, 성공의 확률은 높아

진다.

02 | 궁핍은 악이다

궁할 궁躬은 몸을 구부리고 좁은 동굴에 숨어 있는 모습을 형상화한 문자로, 고생스럽고 괴로운 상태를 나타낸다.

예나 지금이나 예술인은 가난하게 사는 경우가 많다.

시대, 상황, 운이 맞아 떨어지고 여기에 예술을 알아주는 대중들이 있으면, 요즘 말로 뜨면 유명해져서 출세하여 풍족하게 잘 살 수 있다.

그러나 대부분의 예술가들은 가난하게 사는 게 일반적이다. 예술의 길이란 어느 지점에서 아직 최고점에 도달하지 못했거나 또는 시대 운이 따르지 않으면, 알아주는 사람이 없어 출세 할 수 없기 때문이다.

예술에 꽂혀 예술에 뜻을 품고 평생을 가난하게 사는 것을 마다하지 않겠다는 강한 의지가 있더라도, 가난이 오래가면 초심은 흔들린다.

몸을 구부리고 동굴에 숨어 있는 사람에게는 두 부류가 있는데, 하나는 가난한 사람, 다른 하나는 쫓기는 사람이다.

가난에 쫓기면 좁은 공간에 갇혀 지낼 수밖에 없다.

멀리 가고 싶어도 돈이 없으면 갈 수 없고, 쫓기는 신세라면 숨어 지내야만 하고 자유가 없는 처지가 되는 것이다.

궁하면 변하는 수밖에 없다.

아이러니하게도 자본주의 체제의 사람들조차도 '돈은 나쁜 것이다.
돈은 악의 근원이다.' 라고 인식하는 사람들도 꽤 있지만, 돈이 악의
근원이 아니라 다만 삐뚠 욕심에 빠져들어 악으로 작용한 것뿐이다.
돈을 신처럼 숭배하든 돈을 증오하든, 단지 사람의 감정이 개입된
돈에 대해서 두 가지 상반된 자세를 취할 뿐이다.
돈 자체는 그냥 교환의 매개체 역할이다.
다만 돈에 대한 끝없는 욕심이나 돈의 부적절한 사용이 문제될 뿐
이다.
자제력과 절제하는 능력이 성숙의 기준이다.
제制는 아닐 미와 칼 도刀가 결합한 모습으로, 나무가 마음대로 가지
를 뻗지 못하게 다듬는다는 의미에서 '절제하다', '억제하다' 라는
의미다.
돈은 천한 것이 아니며 함부로 다룰 수 없는 것이다.
고상한 척 돈에 연연하지 않고, 쿨 한 척 돈을 우습게 보는 마인드의
사람은 돈에게 호되게 당한다.
돈이 없는 삶의 고통을 반드시 겪게 된다.
돈은 인체의 피와 같다.
큰 뜻을 품거나 비상을 할 때에도 돈은 연료와 같다.

피가 돌지 않으면 동맥 경화가 생기고 결국에는 생명도 위태로워
진다.

돈은 인생길의 식량이고 자원이다.

북한 등 가난한 나라는 돈이 없으면 어떤 비참한 생활을 하게 되는
지 여실히 보여준다. 돈이 없으면 덕, 존엄, 자유를 논할 수 없다. 당
장의 생존에 인성이나 존엄을 따지는 것 자체가 사치이고 비현실적
인 것이다.

반대로 미숙한 사람에게는 돈이 넘쳐도 위태로워진다.

돈 전錢은 쇠 금金과 나머지 잔戔이 결합한 문자로, 예전에는 돈을 쇠
로 만든 창이나 칼처럼 만들어 사용하였던 데에서 '돈'의 뜻이 되었
다고 한다.

전錢을 잘 살펴보면 금金에 칼 과戈가 두 개나 겹쳐 있는데, 한 개는
자신을 다른 한 개는 타인을 겨눌 수 있다는 위험이 숨겨진 메시지
라고 할 수 있다.

돈이 그만큼 소중하지만 동시에 위험한 것이라는 경고인 셈이다.

어린 아이에게 돈은 그냥 종이에 불과하다.

돈을 미숙하게 다루는 자에게 돈이 넘치면, 무절제한 생활로 재물을
탕진하는 것은 물론이고 결국은 삶이 망가지게 된다.

돈은 물과 같다.

물을 다스릴 수 있는 사람이 배를 타고 항해할 수 있는 것처럼, 돈도 다스릴 수 있는 사람이 절제한 삶을 살 수 있고 삶의 질을 높일 수 있는 것이다.

돈을 제대로 쓸 줄 아는 사람이어야 안전하고, 돈을 모르고 돈에 휘둘리면 바다의 파도에 휩쓸리는 게 되는 격이다.

그래서 돈은 자신의 그릇에 맞게 있는 게 가장 좋다.

그릇에 맞지 않는 사람에게 들어 온 큰돈이나 재물은 사람을 다치게 만든다.

반대로 그 사람의 격에 맞지 않게 돈이 적으면 모욕을 당한다.

돈을 모르고 돈을 함부로 대하면 재앙이 된다.

궁한 것은 분명히 악이다.

악惡은 버금 아亞와 마음 심心이 결합한 모습으로, 등이 굽은 곱사처럼 마음이 일그러져 있어 '증오하다. 나쁘다'의 뜻이다.

돈이 없어 지나치게 궁핍하여 화가 나고 마음이 삐뚤어져 나쁜 길로 들어선 사람들이 적지 않다.

그러나 궁핍한 환경에서도 위대한 인물이 나오는 경우는 많다.

그 궁한 환경에서 탈출하기 위해 분투한 결과다.

궁한 환경이라고 반드시 위대한 인물이 나오는 것은 아니지만, 위대한 인물은 대부분 궁한 환경 또는 역경 속에서 탄생한다.

악조건과 절박함이 위대한 인물로 성장케 만든 계기가 되지만, 분명 궁핍은 악이다.

궁핍이라는 악은 물리칠 각오와 자세가 상황을 전환시킨다.

03 | 곤궁하면 변해야 통 한다

        비 오거나, 눈 오거나, 덥거나, 춥거나, 바람 불거나, 미세먼지가 날리는 등 상쾌한 날씨는 황사가 걷힌 봄 한철 잠시뿐이다.

삶도 자연의 사계절을 닮아, 살다보면 곤궁한 상황에 처할 때가 많다.

즐겁고 순조로운 날보다, 곤혹스럽고 답답해 화나고 우울하고 불안하고 긴장하고 억울하고 외로운 곤란한 상황에 놓일 때가 많다.

곤할 곤困은 입구 구口 안에 나무木을 넣은 문자로, '갇힌 나무는 자라기 곤란하다' 는 뜻이다.

다할 궁窮은 구멍 혈穴 밑에 몸 궁躬을 넣은 문자로, 몸이 구멍에 꼭 끼니 진퇴양난으로 곤궁하여 몸을 구부리고 좁은 동굴에 숨은 모습이다.

동굴에 숨는다는 건, 상황이 안 좋거나 돈이 없어 사람들 앞에 나설 수 없다는 의미다.

돈은 에너지이다.

돈이 있어야 멀리 나갈 수 있고 차도 비행기도 이용하여 더 빨리, 더 멀리 이동할 수 있다.

활동 범위는 경제력이나 능력과 정비례된다.

능력이 크면 넓고 크게, 능력이 작으면 좁고 작게 활동하고 생활할
수밖에 없다.

가난하고 궁색하여 살기 어렵거나 예기치 못한 일이 생겨 어렵고 딱
한 형편이거나 그러한 처지가 되면, 생각의 폭도 좁아지고 실수도
생긴다.

역逆은 사람이 거꾸로 선 모양이다.

쉬엄쉬엄 갈 착辶과는 달리, 길을 반대방향으로 거슬러 가 '거스르
다' 뜻이 된 게 역逆이다.

거슬러 올라간다는 것은 정말 힘든 것이다.

대부분 곤궁하면 의기소침하고 좌절하여 힘이 빠져나가는데, 힘을
쓰지 않으면 물에 휩쓸려 아래로 떠밀려 가버린다.

취직이 안 되고 일이 안 풀리고 사업이 안 되는 건 곤궁 상태다.

그럴 때에는 반드시 개인의 무능함과 게으름만이 아니라, 사회구조
적인 문제도 있고 시대와 운도 있다.

같은 아이돌 그룹도 잘 나가는 그룹과 그렇지 못한 그룹이 있는 것
처럼, 잘 나가지 못한다고 너무 열등의식으로 좌절할 것도 없다.

반대로 생각해야 한다.

안 풀릴 때는, 풀릴 때를 그려보고 변화를 시도하고 곤궁을 벗어나
겠다는 마음가짐이 중요하다.

출발부터 무조건 높고 큰 목표를 두기 보다는, 낮게 시작하여 발전하는 전략이 작은 성취를 거듭하여 경험도 자신감도 생기게 만든다.

중소기업이나 스타트 업은, 시작은 폼이 덜 나지만 성장이 눈에 띄게 빠르고 임원이 될 확률도 높으며 오래 자리를 지킬 수도 있다.

또는 창업할 가능성도 대기업보다 크다.

막다른 길이나 난처한 일 또는 진흙탕 같은 곤궁에 처했더라도, 변화하되 신중하게 움직이면 반드시 곤궁을 헤쳐 나올 길을 찾을 수 있다.

곤궁과 역경에 처했더라도, 그 상황을 벗어날 수 있는지 더 깊숙이 빠져들어 나올 수 없는지는 마음먹기에 따라 달라진다.

우리는 지금까지 살아 온 그대로 과거를 반복하는 경우가 많다.

이런 반복이 익숙하게 되다보니 습관으로 남아 편하다고 느낀다.

그 삶의 자세가 잘못 되고 그 일처리 방식이 틀렸고 그 씨앗이 애초부터 아닌데도 그리고 그 방향이 맞지 않음에도, 과거의 관성대로 살아가고 싶어 한다.

관성에 의해 몸은 따라간다.

변화에는 고통이 수반되기에, 궁해도 두려워 변하기 싫어한다.

삐뚤어진 척추를 바로잡으려면 고통이 따르듯, 잘못된 습관을 바로잡는 데에는 더 많은 고통이 따른다.

곤궁할수록 변해야만 출구를 찾는다.

곤궁한 문제를 방치하거나 숨거나 회피해서는 문제가 해결이 되지 않는다.

하늘은 스스로 돕는 자를 돕지, 현실 도피자를 돕지 않는다.

부지런하고 억척스럽고 의지가 강하고 노력하는 사람만이 결국 곤궁에서 벗어난다.

한 곳에 갇혀 있거나 같은 일, 같은 방식, 같은 생각은, 어제와 같은 다람쥐가 쳇바퀴 도는 것 같은 삶이 될 뿐이다.

곤궁은 변화와 개척만이 돌파구를 찾는다.

갑자기 돌突은 구멍 혈穴에 개 견犬이 합친 모습으로, 개가 컴컴한 구멍에서 나온다는 듯이다.

破자는 '깨트리다' 나 '파괴하다' 라는 뜻을 가진 문자다.

깨트릴 파破는 돌 석石과 가죽 피皮가 결합한 모습으로 "돌을 깨부수다."라는 뜻이다.

파격적인 변화와 변신만이 막힌 형국을 뚫어준다.

04 | 행복의 조건

사람들은 늘 행복을 기원한다.

바랄 행幸은 일찍 죽을 요妖밑에 거슬릴 역逆을 넣은 것으로, '나이 젊어서 죽는 요절夭折을 피하게 되었으니 다행.' 이라는 의미다.

복 복福은 보일 시示에 찰 복畐을 합친 문자로, 집안에 가득 찬 곡식으로 신에게 제사하여 '복' 을 받는다는 뜻이다.

예전에는 곡식이 곧 돈이었다.

먹을 곡식이 없으면 행복을 논할 겨를이 없다.

가난해도 행복할 수 있다는 말도 하지만, 어디까지나 선이 있다.

가난 때문에 생존에 위협을 느낄 정도라면, 정신적 승리의 한 방편은 될 수 있을지언정 엄밀히 말하면 기만이다.

누구나 행복하기를 갈망하고 소원한다.

그만큼 행복이 어렵다는 반증이다.

그러나 누구에게도 계속 행복만 있을 수는 없다. 사계절 중 봄날만 있을 수 없는 것처럼, 매일 화창할 수만은 없고 항상 낮일 수만도 없다.

밤낮은 교차하고 계절이 돌고 도는 것처럼, 언제나 길흉화복은 4계절처럼 운행되며 흥망성쇠도 돌고 돈다.

행복에 집착하면 행복에서 멀어질 수 있다.

행복을 부귀영화를 누리는 것으로 이해하면 착각이다.

행복의 기준은 제각기 다르겠지만, 어떤 경우든 육체적 건강과 마음이 평화로운 상태 즉 불안, 초조, 긴장, 분노, 증오 등을 다스릴 심리적 정신적 만족일 것이다.

이처럼 행복에 건강과 정서를 빼놓을 수 없지만, 돈이 없으면 행복할 수 없다.

건강, 정서, 돈 세 가지가 골고루 있어야 행복하고 어느 하나라도 빠져서는 안 된다.

건강, 정서, 돈이라는 이 셋의 균형이 잡혀야 행복감을 느낄 수 있다.

아무리 건강과 정서가 확보되어도, 돈이 없으면 아무 것도 할 수 없어 자유롭지 못하고 속박을 당하게 된다.

특히 돈이 없으면 인간으로서의 존엄도 없어진다.

인생의 희로애락 중, 돈이 그 중심에 자리 잡게 된 것도 어쩔 수 없는 자연스러운 현상이다.

'돈은 행복의 기준이 아니다' 라고 말하는 사람들도 있지만 비현실적인 생각이다.

돈이 없으면 불행해진다.

어쩌면 인생에서의 모든 것은 다 돈과 연관된 것인지도 모른다.

강개할 강慷은 마음 심忄과 겨 강康을 합친 문자로, '쌀은 없고 겨만 남아있으니 마음이 격앙되어 슬프다.' 라는 뜻이다.

돈은 의식주를 해결하는 수표다.

사람들은 돈을 좇으면서도 돈을 경멸하는 모순된 심리가 있다.

돈을 신으로 여기는 부류나 돈을 천시하는 부류가 있는데, 돈에 감정이 들어갈 이유는 없다.

돈은 생계의 수단일 뿐이다.

돈은 대체적으로 사람의 마음을 지배한다.

돈이 없으면 마음에 늘 근심걱정이 가득차고 꼬챙이에 꿰어 있는 형국이 된다.

근심 환患은 꼬챙이 꽂을 천串 밑에 마음 심心을 받친 문자로, 꼬챙이 찌르는 것 같이 마음이 아프다는 데서 근심의 뜻이다.

'돈은 신이다.' 또는 '돈은 원수다.' 라는 상반된 말을 하지만, 돈에 대한 사람의 마음 자세를 표현한 것뿐이다.

돈에 대한 인식이 극도로 엇갈리지만 모두 어느 정도는 맞는 말들이다.

다만 한 방면에 치우쳐 돈을 신으로 보는 것도, 돈을 원수로 보는 것도, 돈을 대하는 사람의 치우친 감정은 돈에 이성적이지 않다.

결국은 돈에 대한 각자의 해석은 결국 돈을 대하는 마음이다.

돈의 주인이 될 수도 있고 돈의 노예가 될 수도 있다.

돈만 추구해도 돈의 노예가 되고 돈을 외면해도 돈의 노예가 된다.

솔직하게 그리고 이성적으로 보면, 돈은 개인이나 기업이나 국가의 절대 자원이며 힘이고 자유다.

국가도 돈 없으면 나라 경영이 어렵고 파산을 하는 경우도 있으며 특히 기업의 존재는 절대적 조건이 돈이다.

돈을 떠나서는 개인은 살 수 없고 기업과 국가는 존재할 수 없다.

돈은 곧 능력과 노력을 대변한다.

한자 강개할 강慷에서 보았듯이, 쌀은 없고 겨만 남아있으면 마음은 격앙되어 바가지를 긁게 되고 먹을 것도 없는 지경이니 슬플 수밖에 없다.

행복은 돈과 상관없고 행복할 수 있다고 우기는 사람도 있지만, 그것은 자연 속에 있을 때나 가능한 비현실적인 생각이다.

현실이란 삶에서 특히 도시에서는 돈은 생명 줄이자 피와 같은 자원이다.

사람의 몸에 피가 안돌면 사람은 곧 죽는 것처럼, 돈이 마른다는 것 자체는 피가 말라가는 것과 같다.

아쉽게도 행복과 돈은 직결되어 있다.

행복의 전제 조건은 균형과 조화다.

부귀영화를 누린다고 반드시 행복한 것도 아니다. 한 쪽만 비대한 것은 기형이다.

온갖 부정부패는 돈의 유혹에 빠져 저지르게 되고, 강도나 절도 역시 돈의 유혹에 정신을 잃어 어리석은 짓을 하게 된 것이다.

예나 지금이나 돈 때문에 울고 웃고 전쟁도 일어난다.

'가난이 앞문으로 들어오면 행복은 뒷문으로 빠져 나간다' 라는 명언이 있다.

돈만 있어도 행복할 수 있는 것은 아니지만, 돈만 없어도 불행한 것은 분명하다.

05 | 맞는 것이 좋은 것이다

예의를 매우 중시하던 주나라에서는, 손님이 선물을 주면 주인은 먼저 예의의 말로 거절하고 손님의 진심어린 축하에 고마운 마음을 표현해야 했다.

사례할 사謝는 말씀 언言과 쏠 사射가 결합한 모습으로, '사례하다', '양보하다' 라는 뜻이다.

이 예절은 지금도 중국 사회에 남아 있어 선물하는 문화는 그대로 이어진다.

상대에 대한 예우에는 반드시 선물이 있어야 한다.

선물은 대체적으로 성의껏 하는데 성의는 곧 돈이나 선물의 크기로 표현되다보니, 늘 주머니 사정보다 통 크게 하는 게 일반적이다.

무조건 통 크게 선물하는 건 중국인들의 특징이다.

그만큼 선물은 돈의 액수, 선물의 가격에 따라 마음을 표현한다고 여기기 때문이다.

통 크게 보이려고 무진장 애쓰고 쪼잔 하다는 소리를 들을까봐 전전긍긍한다.

부담되면서도 서로 통 크게 선물을 주고받는 문화는 고대 이래 쭉

이어지고 있다.

선물을 받을 때에는 언제나 "이런 걸 왜 사왔습니까?", "빈손으로 오셔도 되는데 말입니다.", "너무 과분한 선물입니다."라는 인사말을 한다.

그리고는 "마침 이 물건이 필요하던 참이었습니다.", "귀한 선물 감사 합니다!" 등의 의례적인 말을 주고받는다.

그럼 진짜로 선물 없이 맨 손으로 만나도 될까?

천만에 말씀. 그건 실례가 된다.

동양문화의 특징이기도 하다.

상대의 선물을 받을 때 덥석 받는 것이 아니라 거절을 먼저 해야 예의에 어긋나지 않는 것이다.

설령 진짜의 거절이 아닐지언정 거절의 절차를 거친다는 의미가 중요하다.

거절하기보다 거절하는 척 예의상 고마움과 미안함의 표현을 해야 예의를 아는 것이 된다.

그럼 예와 선물은 어느 선까지 해야 좋을까 늘 신경 쓰기 마련이다.

통 크고 화끈하게 하자니 형편이 안 되고 가볍게 하자니 체면이 서지 않는다.

이래저래 선물을 하거나 예의를 차리는 것이 귀찮아지기도 하고 번

거로운 작용을 하는 것은 사실이다.

그러나 선물은 다다익선이 아니다.

상대방에 따라 선물은 달리해야 한다.

귀한 선물을 하고 융숭한 대접을 거듭 반복하게 되면, 처음에만 고마워하고 감동하지만 점차 의례적인 것으로 받아들이는 일도 있다.

무조건 비싼 것도 좋은 것이 아니다.

무조건 통 큰 선물이면 상대에 따라 부담이 되기도 한다.

뇌물은 선물과 다르다.

대가가 요구되면 뇌물이고 마음의 표시면 선물이다.

뇌물 뇌賂는 돈을 뜻하는 조개 패貝에 각각 각各이 합쳐진 문자다.

자기의 뜻하는 바를 이루기 위해 또는 특별히 편의를 봐달라며 남에게 몰래 주는 정당하지 못한 재물이 곧 뇌물이다.

선물은 너무 크거나 너무 작아도 또는 너무 비싸거나 싼 것도 모두 안 좋다.

상대에게 꼭 필요한 것이거나 희소성을 가진 것이라면, 귀한 선물이 되어 상대를 기분 좋게 만든다.

극단을 달리지 않고 어느 쪽으로 치우치지 않는 게 귀한 것이라는 의미다.

무조건 비싸다고 좋은 것이 아니며 늘 같은 물건이라면 감동이 없다.

상대에 맞게 그리고 빈도와 정도가 딱 맞을 때 좋은 선물이 된다.

선물만이 그런 게 아니다.

무조건 비싸고 귀하다고 반드시 좋은 것은 아니다.

맞아야 합격合格이다.

合자는 삼합 집△과 입 구口가 결합한 것으로, 세 방면의 것이 모여 있는 모양을 뜻하며 일치한다는 의미다.

格자는 나무 목木과 각각 각咎이 합쳐진 모습으로, 나무의 가지를 다듬어 모양을 바로잡는다는 뜻이며 '규격'이란 의미도 있다.

무엇이든 귀하고 높고 화려하고 비싼 게 좋은 것은 아니다.

명문대, 대기업, 큰 아파트, 큰 차, 권력, 명예 등도 나에게 맞으면 좋은 것이고 맞지 않으면 좋지 않은 것이다.

맞으면 합격이다.

06 | 번뇌도 움직여야 사라진다

　　사람이 살아가는 데에는 108가지의 번뇌가 있다고 한다.

매 시기마다 그 번뇌가 다르다.

마음이 시달려 괴로운 번뇌에서의 번煩은 불 화火가 머리 혈頁에 더해진 것으로 머리에 열이 오르는 모습을 표현한다.

번뇌할 뇌惱는 마음 심忄에 내 천川과 정수리 신囟을 아우른 문자로 '머리를 쓰면 마음이 괴롭다'의 뜻이다.

태어나서 학교에 다니면서부터 공부 잘 해야 된다는 압박감부터 대학, 취직, 돈, 결혼, 집, 자녀 등으로 번뇌가 커진다.

시기마다 쟁취하려고 마음과 머리를 써야 하지만 그렇다고 마음대로 풀리는 것도 아니다.

십중팔구 자신의 욕망이나 뜻만큼 이루어지지 않는다.

우리 인간은 욕망이 그릇을 초과하여 번뇌 속에서 살아간다.

어쩌면 애초부터 외부 세계의 경쟁이나 다툼으로 인한 번뇌도 있지만, 더욱 큰 번뇌는 마음에서, 욕심에서 만들어지는 번뇌가 더 크다.

그래서 결국 어리석은 인간은 번뇌를 자초하면서 살아가는 것인지도 모른다.

어떤 사람들은 골칫거리가 생겼을 때 밖으로 나와서 수단과 방법을 모두 동원 하여 해결하려고 애쓴다. 적극적인 대처다.

반면 어떤 경우는 골칫거리가 생길 때 잠수타거나 문제에서 도망가기를 좋아하는데, 이는 소극적 대처를 하기 때문에 문제가 더 커진다.

잠수潛水는 물속으로 들어간다는 뜻이다. 즉 안으로 숨어드는 소극적인 자세다.

머리가 복잡하고 마음이 괴로울 때에는, 환경을 바꿔주어 머리를 식히고 마음을 정리하는 게 우선순위다.

그 다음 하나씩 문제를 풀어야만 한다.

번뇌 속으로 들어가거나 끌려 다닌다고 번뇌가 사라지는 게 아니라, 오히려 번뇌가 더 많아지고 커진다.

번뇌는 문제가 생겼기 때문에 그 문제들을 해결하라는 신호다.

문제에는 반드시 해법도 있다.

해법을 찾으려는 의지 여부에 따라 결과가 달라진다.

번뇌를 하나 해결하면 그만큼 더 성장하고 성숙해지고 있다는 것을 느낄 수 있다.

현실에 부딪친 문제를 회피하고 도망갈수록 번뇌는 더욱 바짝 따라온다.

미래의 일에 대해서는 번뇌가 크지만 지나간 일은 번뇌가 작게 느껴진다.

번뇌는 인간의 노력으로 해결할 수 있는 것도 있지만 인간의 노력은 한계가 있다.

노력努力은 노예처럼 힘을 낸다는 뜻이기도 하다.

努자는 종 노奴(노奴자는 여자 종을 부리는 모습을 그린 것)와 힘 력力이 합친 문자다.

어쩌면 능력의 한계에서 오는 번뇌를 끌어안고 있을수록 번뇌를 살찌운다.

많은 인고의 시간이 흘러야 번뇌에서 벗어날 수 있는 길을 발견하기도 한다.

인위적으로 억지로 또는 욕심과 조급함으로 안 되는 걸 하려 하면 번뇌는 더욱 커진다.

번뇌가 있다는 것은 살아 있다는 증표이며 번뇌 없이는 살 수 없다.

때로는 맞지 않는 선택을 하여 번뇌에 빠져들기도 한다.

특히 직업은 조건과 상황에 맞게 선택해야 한다.

성공은 혼자 힘으로 이루어진 것이 아니지만, 실패는 본인의 잘못된 선택이 대부분이고 또는 조건의 한계를 벗어났거나 구조적인 문제도 한 몫 한다.

번뇌 앞에서는 유연함이 필요 된다.

부드러울 유柔는 창 모矛에 나무 목木이 합쳐진 것으로, 창의 자루로 쓰일 수 있게 부드럽고 탄력 있다는 뜻이다.

마인드가 유연해야 삶도 유연하게 펼쳐진다.

직업 시장은 더 많아지고 빠르게 변화하고 있다.

외국인 노동자 100만이 넘는 시대에 전문직까지 그들과 경쟁하게 된 실정이다.

모든 경계는 허물어지고 게임의 룰도 바뀌고 있다.

마음과 생각은 나이, 위치, 처지에 따라 바뀐다.

10대와 20대의 생각이 다르고 처지에 따라 같은 연령대라도 저마다 생각이 다르다.

일도 풀릴 때 있고 안 풀릴 때 있다.

내 마음, 내 뜻대로 인생이 굴러가는 일은 없다.

그런데 내 뜻대로, 내 마음대로 하려면 번뇌가 커진다.

이룰 성成은 창 모戊와 못 정丁이 결합한 모습인데, 적을 굴복시킨다는 의미에서 '이루다' 나 '완성되다' 라는 뜻이 되었다.

공 공功은 장인 공工과 힘 력力이 결합한 문자로 땅을 다지는 도구를 들고 힘을 쓰는 모습을 표현한 것이다.

사람이 일을 도모하고 그 성패는 하늘에 달렸다.

내 욕망, 내 뜻대로만 이루려 야망만 앞서면 번뇌는 커진다.

내 뜻과 욕망 그리고 하늘의 뜻도 살피고 사람들과 호흡을 같이 해야 일도 풀리고 번뇌도 줄어든다.

07 | 두려움이 귀신을 만들어낸다

음산한 기운을 내뿜고 흉측한 머리를 한 모양의 죽은 사람의 혼을 귀신鬼神이라 한다.

많은 사람이 귀신을 보았다고 말하지만, 귀신의 얼굴을 정확하게 설명하기가 어려워서 귀신 가면으로 귀신의 얼굴을 표현했다고 한다.

중국 고대의 도교道教 사상서인 '열자列子'에서는 '귀신은 정신이 육체에서 분리된 뒤에 본래의 상태로 돌아간다. 이것을 귀신이라 부른다. 귀는 귀신 귀鬼, 돌아갈 기歸, 즉 진짜 집으로 돌아가는 것이다.' 라는 글이 나온다.

설원說苑에서는, '사람이 죽은 뒤에 귀신이 된다. 귀신은 사람의 신체와 귀신의 머리를 가졌고 음산한 기운을 내뿜으며 사람을 해친다.' 라고 말한다.

넋 혼魂은 '눈에 보이지 않다' 뜻을 가진 운云에 귀신 귀鬼가 합쳐진 것으로, 사람이 죽으면 혼은 하늘로 올라가고 백魄은 땅위에 머문다고 믿었으며 정신을 의미한다.

많이 놀랐을 때 혼비백산魂飛魄散이라고 한다.

정신이 날아가고 육체는 흩어진다. 즉 허수아비가 된다는 것이다.

성경에서는 귀신을 사탄이라고 한다.

기독교에서 악마란 인간이 그릇된 욕망을 키워 하나님의 뜻 즉 진리 안에 굳게 서지 않고, 반역하거나 반항하여 악을 행하는 존재를 말한다.

불교에서는 사람을 죽이고 악을 행하는 존재를 악마라고 한다.

마귀 마魔는 삼자麻에 귀신 귀鬼를 합친 문자로, '사람의 마음을 흐트러진 삼대처럼 혼란하게 한다' 는 악마라는 뜻이다.

기독교와 불교 두 종교에서 말하는 악마란 존재는, 그릇된 욕망에서 비롯된 나쁜 생각의 유혹을 의미한다.

의학적으로 사람의 심장이 멎어가는 순간 뇌의 혈액의 공급이 줄어들면서 뇌파의 활동에 변화가 온다.

극도로 허약한 상태 또는 죽음의 문턱에서 귀신을 보았다는 증언이 많으며 그들이 말하는 귀신의 모양도 제각각이다.

정신이 흐릿한 상태에서 보았기 때문이다.

가령 불교신자라면 불교의 그림 형상을 많이 떠올릴 것이고, 기독교 신자라면 기독교의 형상을, 점술을 믿는 사람은 무당의 형상을, 중국인은 중국스타일 형상의 귀신을, 한국인은 한국 스타일의 귀신을 떠올린다.

그다음 연예인이나 기질이 예민하고 불안감이 심하고 신경이 약한 성향의 사람이 귀신을 보았다고 증언을 많이 한다.

민감하다는 것은 신경이 예민하다는 것이다.

우리는 보통 건장한 체격의 남성, 그리고 성격이 센 성향의 사람을 심리, 정신, 신경도 모두 강한 사람으로 본다.

그러나 선입견일 뿐 신체가 튼튼하고 성격이 강한 것과 신경이 예민한 것과는 별개의 문제다.

신경, 정신, 심리는 보이지 않는 부분이다.

가냘픈 몸매의 여리게 보이는 여자나 조용한 여자일지라도, 강심장이고 정신력은 건장한 남성보다 더 강한 타입도 많다.

나이, 성별, 겉모습과도 별개이다.

똑같은 경험과 상황을 겪어도, 어떤 사람은 충격이 너무 커서 정신적으로 견디지 못하고 이상이 생기지만 어떤 사람은 멀쩡하게 잘 견딘다.

똑같이 담배를 피워도 어떤 사람은 폐암에 걸리고 어떤 사람은 건강하다. 그것은 폐가 튼튼하게 생겼으면 크게 영향을 받지 않지만, 폐가 약한 사람은 바로 이상이 생기는 것처럼 우리의 신경과 정신도 마찬가지이다.

같은 충격, 압박, 스트레스를 받아도 받아들이는 능력은 제각각이다.

신경이 예민한 사람은 신경계통이 허약한 사람으로, 일반인보다 작

은 것에도 놀라고 공포심, 긴장, 불안이 몇 배 또는 몇 십 배가 될 수
도 있다.

또한 겪은 충격의 잔상이 오래 남는다.

스트레스로 우울증 걸리는 사람은 신경 계통이 매우 예민한 기질이
대부분이다.

두려울 공恐은 굳을 공巩과 마음 심心이 합친 문자로, 흙을 다지는 도
구인 달구로 땅을 내리치면 '쿵! 쿵!' 소리가 나듯 심장이 두근거린다
는 뜻이다.

두려움으로 심장이 두근거리는데 겁먹지 말라거나 더 자주 겁을 주
어 강심장으로 만든다는 발상은 어리석은 생각이다.

감성이 예민하여 남이 느끼지 못하는 소리, 냄새, 낌새, 위험을 먼저
감지하며 섬세한 감정표현이 뛰어난 독특한 기질이라고 할 수 있다.

타고난 기질은 의지로 극복되는 게 아니다.

흥분하고 감정의 소용돌이에 휘말렸을 때 보이는 모습이 귀신의 모
습이고 마치 사람이 귀신에 의해 조종당하는 것 같아 보인다.

종합적으로 보면 귀신은 공포, 긴장, 스트레스, 억압, 압박 받은 정
신적인 허약상태에서 나오는 상태를 표현한 것이다.

심하게 긴장하고 두려워하면 시커먼 물체만 보아도 귀신으로 보인다.

마음에 공포가 그렇게 보이게 한 것이다.

그래서 두려울수록 평정심을 유지해야 한다.

일상에서 평정심을 유지하는 훈련을 해야, 돌발 상황에서 혼비백산
하지 않고 담담하게 상황을 파악하고 대처할 여유가 생긴다.

漢字

PART

04

욕망 / 慾望

욕망이 있어야 하지만
방종하지 않도록
욕망을 이성으로써 제어하는
절제가 함께 있어야 성취도 하고
성공할 수 있다.

01 | 체면을 벗어야 체면이 산다

사람과의 관계에서 자신의 입장이나 지위에 따라 지켜야 한다고 생각되는 위신이나 면목 또는 모양새를 체면體面이라고 한다.

체면體面에서의 몸 체體는 뼈 골骨과 풍부할 풍豊을 합친 것이고, 얼굴 면面은 사람의 코 비鼻를 본뜬 스스로 자自를 입 구口로 에워싼 모양으로 얼굴을 그린 것이라 한다.

나무는 껍질이 있어야 하고 사람은 얼굴이 있어야 한다고들 말하는데, 얼굴은 곧 체면을 가리킨다.

한국인들은 유교문화와 조선시대 양반문화의 영향으로 체면에 유난히 연연하는 경향이 있다.

얼굴이 너무 얇고 체면에 매우 민감하고 이것저것 가리며 남의 눈을 지나치게 의식하면 체면주의자이다.

체면을 지나치게 중요시하는 체면에 얽매인 사람은 얼굴이 얇은 사람으로, 생존에 불리하거나 필요 이상으로 피곤함을 만든다.

체면에도 지켜야할 큰 원칙이 있으며, 체면을 무시해서도 안 되지만 체면에 집착해도 안 된다.

큰일에는 어느 정도 얼굴이 두꺼워야 한다.

철면피鐵面皮는 얼굴이 철처럼 두껍고 단단하다는 뜻으로, 상대로부터 직접 꾸지람을 듣거나 망신을 당해도 철판을 깔은 얼굴처럼 뻔뻔하고 부끄러움이 없는 사람을 가리킨다.

철면피는 분명 부정적인 뉘앙스가 강한 용어로 자신의 목적 달성을 위해 너무 이기적이고 뻔뻔하다는 뜻이다.

하지만 상황에 따라 중요한 큰일에 초점을 두어야 뜻한 바를 이룰 때도 있다.

2500년 이상 유교를 숭배하다가 유교문화를 부정했던 중국인들도 체면주의가 대단히 강하지만, 한국인들과는 다르게 실리주의 면이 두드러진다.

체면의식이 지나치게 강하면 체면이란 함정에 쉽게 빠진다.

체면에 지나치게 민감하면 기회를 잡지 못하거나 능력이 발휘되지 못하며 결국은 좌절의 연속에 빠진다.

체면 때문에 절박할 때도 생존을 위한 경제활동조차 기피하게 되는 경우를 심심찮게 볼 수 있다.

그럴수록 자존심만 높아지고 자존감은 떨어져 좌절한다.

좌절挫折에서의 좌挫는 손 수扌와 앉을 좌坐를 합친 문자로, 서있는 사람을 손으로 어깨를 눌러 기세를 꺾는다는 의미다.

절折은 손에 도끼를 들고 나무를 자른다는 뜻에서 '꺾다' , 즉 기가 꺾인다는 의미다.

체면주의지만 실속을 중시하고 놓치지 않는 중국이나 애초부터 체면보다 실속이 먼저인 서양문화권은, 뭐든 열심히 하여 먹고 살아야한다는 생각이 있다.

'양반은 얼어 죽을지언정 겻불은 쬐지 않는다.' 라는 속담이 있는 한국에서는, 출신과 신분을 매우 중요시한다.

'S대 출신이다, 박사출신이다, 공무원 출신이다, 삼성맨이다,' 라며유난히 자신의 위치와 신분에 대한 자부심이 강하다.

이런 유형일수록 모멸당하면 스스로 무너진다.

모멸에서의 업신여길 모侮는 사람 인亻과 매양 매每를 합친 모습으로,매일 매일 배우지 않으면 머릿속이 텅 비어 다른 사람에게 업신여김을 당한다는 뜻이다.

업신여길 멸蔑은 풀 초艹에 눈 목目과 개 술戌을 합친 문자로, 눈에 풀이 덮여 보이지 않듯이 상대를 '업신여기다.' 의 뜻이다.

체면의식이 중심에 있으면, 자신이 자신의 주인이 아닌 남이 자신의주인이 되는 격이다.

한국의 옛날이야기이다.

어느 서생이 매일 책만 읽고 있어 부인이 허드렛일을 하며 가족의 생계를 이어가고 있었다. 그런데 부인이 병에 걸려 죽자 생계에 속수무책인 서생은 애들에게 먹일 음식이 없어 굶겨야 했다. 보다 못한 사람들이 '책만 끼고 있지 말고 산에 가서 땔감 나무라도 해서 팔아먹고 살라.' 라고 충고하자, 서생은 산에 가서 땔감 나무를 구해 와 시장에 들고 갔다. 그러나 체면을 부여잡은 서생은 '나무 사시오' 라고 외치지 못하고 '내 나무요' 라고 작은 소리로 중얼거렸다. 결국 땔감 나무를 하나도 팔지 못하고 식구가 모두 굶어죽었다는 슬픈 이야기가 있다.

체면에 연연한 소극적 태도의 결과였다.

옛날 중국 이야기도 있다.

어느 남자가 부인과 첩을 두고 있었는데, 그는 매일 술에 거나하게 취해서 저녁 늦게 들어와서는 큰 인물들과 술을 마셨다고 자랑하기 일쑤였다.

부인과 첩은, 달리 일도 하지 않고 집에 찾아오는 친구도 없는데 어디서 누구와 어울리며 술을 마시는지 궁금하여 남편의 뒤를 밟기로 했다.

다음 날 남편은 어김없이 바깥으로 나갔는데, 사람이 많은 곳을 벗어나 점차 야외의 한적한 쪽으로 가고 있었고 그곳은 바로 묘지였다.

알고 보니 사람들이 장례를 치르고 술과 안주를 마시고 먹다 남은 음식과 술을 남편은 거나하게 매일 먹고 들어와서 허풍을 떨었던 것이다.

그런 모습을 목격한 부인과 첩이 울고 있는 광경을 마주한 못난 남편은, 여전히 무엇이 모자라서 소란을 피우느냐며 큰소리쳤다.

이토록 백수인 처지에다가 묘지에 남은 음식과 술을 얻어먹는 신세조차도 체면을 부풀리는데, 하물며 보통의 일반인들이 체면에 연연하는 건 어쩔 수 없는 것일지도 모른다.

체면에 연연하면 결국 자신을 기만하는 것이 된다.

속일 기欺는 그 기其에 하품 흠欠을 합친 문자로, 묵은 껍질을 벗기듯 '실속 없는 말을 뱉어낸다.' 는 데서 '사기' 의 뜻이다.

체면이 밥 먹여주지 않는다.

능력에 맞는 일을 해야 밥을 먹을 수 있다.

많은 사람들은 여전히 공무원, 대기업 직장인, 문화예술가 등 폼 나는 직업에 목표를 두고 달린다.

100대1인지 1000대1인지 알 수 없는 높은 목표는, 한 명만 성취하고 나머지 99%는 애초부터 실패하거나 좌절이 예고된 것이나 마찬가지다.

지나친 쏠림 현상으로 고시 낭인, 공무원 낭인, 예술 낭인, 스포츠 낭인이 다른 나라보다 유난히 많다.

체면에 연연한 마인드는, 자신에게 알맞은 목표나 자리 찾기에서부터 실패를 부른다.

자기 분석 없이 오로지 출세하여 체면 있게 살겠다는 일념만으로는 출세할 수 없기 때문이다.

의욕과 열정으로만 된다면 모두 체면이 서는 최고의 직업을 갖고 있을 텐데, 그 정점에는 늘 몇 명으로 한정되어 있어 오히려 그 반대다.

나이가 40이 되어도 미련을 버리지 못하는 사람들도 있다.

가수, 작가, 화가, 문화예술 분야에 목표를 두고 미련을 버리지 못하는 60대도 있다.

상황이 변해도 오로지 정한 목표 하나를 좇는 건 체면은커녕 오히려 체면이 떨어지는 일이 된다.

제2의 직업시대가 열렸다.

출신과 신분이 어떠하든 일자리와 소득이 없으면, 공포감, 불안감, 우울감, 좌절감은 사라지지 않으며 행복지수도 당연히 떨어질 수밖에 없다.

생존하기 위해 체면을 벗어야 하고 체면을 얻기 위해 체면을 벗어야 한다.

직업에는 귀천이 없다고 하지만, 직업의 귀천이 있는 것은 당연한 것이다.

그러나 귀천만 따지다 귀한 자리에 못가고 일하지 않는 백수가 되면 사람이 천해진다.

귀할 귀貴도 천할 천賤도 조개 패貝가 있다.

귀貴는 재물 패貝를 그릇에 쌓아놓은 사람은 귀하다는 데서 '귀하다' 의 뜻이다.

업신여길 천賤은 조개 패貝에 상할 잔戔을 합친 문자로, 물건이 상했기 때문에 값이 없어 '천하다' 의 뜻이다.

결국 일하고 돈이 있으면 귀하고, 일하지 않고 돈이 없으면 천하게 된다는 뜻이다.

체면을 벗으면 체면을 얻는다.

02 | 과한 욕심은 눈을 멀게 한다

욕심이 과하면 욕심과 현실의 거리가 점점 멀어져 괴롭거나 초조하거나 걱정이 많아진다.

맞지 않는 욕심을 좇다가 제 갈 길을 잃기도 하고 온갖 유혹에 흔들려 이성을 잃고 일을 그르치는 경우도 생긴다.

욕심 欲慾은 하고자 할 욕欲에 마음 심心을 합친 문자로, 분수를 넘어서 하고자 하는 마음이 욕심이다.

하고자 할 욕欲은 골 곡谷에 하품 흠欠을 합친 문자로, 사람의 마음이 골짜기처럼 텅 비어 있어 그것을 채우려는 욕심이라는 뜻이 되었다.

욕심에 눈이 멀다는 말이 있다.

예전에 어느 도둑이 시장에서 지갑을 훔쳐 달아나는 걸 경찰이 쫓아가 그 도둑을 잡아 심문을 했다.

"사람이 많은 시장에서 잡힐 것이 뻔한데 왜 남의 지갑을 훔쳐 달아났느냐?"

그러자 도둑은 이렇게 말했다고 한다.

"저의 눈에는 지갑밖에 보이지 않았습니다."

실제로 욕심에 눈이 멀어 지갑이라는 초점 외에는 눈에 잘 들어오지 않는 경우가 많다.

도둑의 눈에는 지갑밖에 보이지 않는 것이 정답이다.

삐뚤어진 길을 가는데, 애초부터 삐뚤어진 길을 가려고 하는 사람은 드물다. 대부분 욕망 앞에 이성을 잃고 유혹에 넘어가 삐뚤어진 길로 들어선 경우다.

마음이 어디에 있고 관심이 어디에 있느냐에 따라 보이는 것도 다르고 관심도 다르고 길도 다르다.

욕심이 과하면 남의 것을 넘보기도 하고 남의 것을 탐내기도 한다.

일정한 선을 넘어 지나치게 탐하는 욕심을 탐욕이라고 한다.

탐낼 탐貪은 이제 금수 밑에 조개 패貝를 합친 것으로, 돈을 모으는 데에만 마음이 이끌린다는 데에서 '탐내다'의 뜻이 되었다.

가진 게 없는 사람이 많이 가진 사람의 것을 욕심내기도 하지만, 많이 가진 자가 더 많이 가지려 욕심내는 경우가 더 많다.

일반적으로 욕심을 낼수록 욕심이 더 나오게 되는 게 욕심의 관성이다.

욕심이 반드시 나쁜 것만은 아니다.

바른 것이냐 삐뚠 것이냐 또는 적절한 것이냐 과도한 것이냐의 균형의 문제다.

욕심은 분명 모든 일의 원동력이 되기도 한다.

욕심 없이 큰 뜻을 이룰 수 없으며 빛나는 모든 스타는 욕심이 있었다.

그러나 자기분석 없이 시대의 유행에 휘둘리거나 자기 분수에 넘치는 욕심에 빠지면 길을 잃고 헤매게 된다.

과다한 이익, 무리한 명예, 과분한 자리 등도 다 과한 욕심의 산물이고 위태로운 것이다.

갖춘 것 없는 일반인들에게 분수에 맞지 않는 큰 욕망은 지극히 부자연스럽다.

부자연스러운 것은 가짜일 확률이 높다.

'세상에 공짜 없다.' 라는 말이 있듯 '공짜 점심 없다.' 라는 말도 생겼다.

욕심이 없으면 사기를 당할 확률이 낮다.

사기꾼의 미끼에 흔들리지 않는다.

욕심이 너무 없으면 이루는 것이 없고 욕심이 너무 많으면 만족이 없어 분수에 넘치는 마음만 앞선다.

한 쪽으로, 극단으로 달리면 모두 문제가 생긴다.

욕망이 있어야 하지만 방종하지 않도록 욕망을 이성으로써 제어하는 절제가 함께 있어야 성취도 하고 성공할 수 있다.

절제節制에서의 절節은 대나무 죽竹과 곧 즉卽이 합쳐진 것으로 대나무의 마디를 뜻한다.

제制는 아닐 미未와 칼 도刂가 합쳐진 모습으로, 나무의 가지를 다듬는다는 뜻으로 '절제하다' 나 '억제하다' 를 의미한다.

모든 번뇌와 괴로움은 과한 욕심에서 비롯되는 경우가 대부분이다.

능력 안에서 자리를 찾지 못하면 한없이 높은 별을 쳐다보며 별을 따겠다고 시간과 에너지, 감정을 다 소진하게 된다.

별은 아무나 딸 수 없지만 감나무의 감은 누구나 딸 수 있는 것처럼, 실현 가능한 것에 목표를 두고 노력하고 행동하면 뜻을 이룰 수 있다.

소확성小確成(작지만 확실한 성공)이 소확행小確幸(작지만 확실한 행복)으로 이어진다.

마음이 있는 곳에 삶이 있다.

욕심 때문에 눈멀고 욕심에 괴롭고 욕심 때문에 실패하는 경우가 허다하다.

부자에게는 대저택과 호화 요트도 욕심이 아니다.

능력에 맞으면 욕심이 아니다.

그러나 일반 서민이 대도시에 살면서 10억~20억 이상의 아파트에 대형차를 가지겠다면 욕심이다.

욕심인지 사치인지는 능력에 달렸다.

일반인이 부자를 따라하면 욕심이다.

자신의 그릇이나 자신의 재능 또는 자신의 형편에 지나치면 그게 곧 욕심이다.

욕망이 발전의 원동력이며 욕망이 없으면 발전도 변화도 없다.

다만 과한 욕심은 독이 된다.

03 | 인색하면 멀어진다

사람들은 검소한 것은 좋아하지만 인색한 것은 싫어한다.

인색할 인吝은 글월 문文과 입 구口가 합쳐진 것으로, 말로만 그럴 듯하게 할 뿐 실제로는 도와주지 않는다는 뜻이다.

자신을 너무 아끼고 상대는 마음에 두지 않는 것에서부터 인색함이 시작된다.

인색하면 상대는 바로 느낄 수 있다.

아무리 가까운 사이더라도 인색한 마음을 가지고 있는 사람에게는 마음이 다가가지 않고 마음이 닫힌다.

서로 상부상조하면서 사람들끼리 돈을 빌려주고 갚는 일이 점점 사라지고 있다.

빚보증의 상처로 친척이나 친구들 사이의 관계나 우정이 깨지는 일이 너무 빈번하여, 가까운 사이일수록 부탁을 하지 않고 돈 거래를 금기시하기에 이르렀다.

그러나 사람들끼리의 교류와 인정 또는 우정은 서로 마음을 주고받는 것으로, 어느 한 쪽이 급한 처지에 몰렸을 때 도움의 손길을 주는 것에서 관계는 더욱 굳건해진다.

벗 우友는 왼 좌ナ와 오른손 우又를 합친 문자로, 손과 손을 잡으니 친하다는 데에서 벗의 뜻이다.

상대가 위기에 처했을 때 도와주는 것이 진정한 친구가 되는 기회다.

마음이 오가거나 어떤 도움을 주고받는 과정이 없으면, 관계나 우정이 깊어지는 일이 없고 마음을 열거나 가까워지기도 힘들다.

돈이 피라고 하는 요즘 시대에, 돈을 어떻게 쓰느냐에 따라 그 사람의 진심을 알 수 있다.

말로 의리나 우정을 설파하기보다는 행동을 보고 진심을 읽을 수 있으니, 특히 돈을 통해 그 사람의 진심을 확인할 수 있는 경우도 많다.

돈을 빌려주면 돈도 사람도 잃는다고 하지만, 반은 맞고 반은 틀리다.

돈을 거래하는 게 나쁘다고도 하지만 친척이나 친구 등 가까운 사람이 절박할 때 과도하지 않은 범위 내에서 십시일반 돈을 빌려주고 갚는 것이, 우애고 우정이며 관계도 훼손되지 않는다.

뜻 정情은 마음 심心과 푸를 청靑이 결합한 모습으로, '사람의 마음은 맑고 푸른 하늘처럼 선명하게 우러나오는 본성이 좋다.' 라는 뜻이다.

요즘은 개인주의 문화가 확산되면서 각자도생의 삶이 많아졌다.

문제는 당장은 편하지만 고립무원이 되어 필요할 때 도움의 손길을 받지 못한다는 것에 있다.

도움에는 적절한 선을 지키어 서로 힘이 되면서 위험을 줄일 수 있다.
너무 인색하면 마음을 닫고 너무 주면 오히려 잃는다.

적절하면 최상이다.

맞을 적適은 쉬엄쉬엄 갈 착辶과 나무밑동 적啇이 합친 모습으로, 나
무뿌리는 천천히 뻗어나간다는 의미에서 '적합하다' 라는 뜻을 갖게
되었다.

정말로 가까운 관계라면 절박할 때 물심양면으로 도움을 주어야 돈
독해진다.

개인의 힘에는 한계가 있어서 유태인과 중국인은 끼리끼리 상부상
조하고 뭉쳐서 상권을 장악하는 데 뛰어나다.

지금도 중국인은 돈 거래를 자주하고 액수도 상당히 크다.

어려운 처지의 친척이나 친구에게 도움을 줄 때에는, 그다지 따지지
않는 편이다.

그런 은혜는 상대도 마음 깊이 새긴다.

그러나 상황이 뜻대로 풀리지 않거나 약속을 못 지키는 경우가 많
아, 친한 사람이라도 무조건 믿을 것은 아니다.

마음이 아닌 능력과 지금 처한 형편과 상황에 의해 결정되는 일이
많기 때문이다.

급할 때, 꼭 필요 될 때, 돈을 통해 상대의 마음을 엿볼 수 있지만,

내가 감당할 수 없는 선에서 상대에게 도움을 주는 건 과한 것이다.

적정한 선을 정하는 것이 우정도 유지하고 안전하다.

돈 거래를 끊는 것은, 마음도 관계도 끊는 것과 크게 차이나지 않는다.

인색한 친구에게서는 마음이 흐르지 않는다.

현대사회는 경쟁이 치열하고 바쁘고 힘들고 지치고 미래가 불안하다보니 근심 걱정으로 가득하다.

소중한 형제나 친구와의 만남도 점점 멀어지고 있다.

현대의 도시 생활은 팍팍하기 그지없어, 소중한 부모형제와 친구 및 이웃들과도 가까이 못하고 근심, 걱정, 불안, 초조로 마음은 자신 하나만 생각하기 급급하다.

꺼릴 기忌는 몸 기己 밑에 마음 심心을 합친 문자로, '자기의 일만 생각하다보니 남의 일은 생각하지 않거나 꺼린다.' 라는 의미다.

자신의 일이 너무 버거워 남에 대한 관심이 없어 교류도 꺼리게 된다.

사람과 상대하기를 어려워하는 것은 그렇다 하더라도 아예 기피하는 경우도 생긴다.

관심도 없고 기피하면 관계는 멀어진다.

복잡한 인간관계에서 벗어나 1인가구가 생기고 혼밥, 혼술 문화가 생기고 있는데, 사람 사이의 관계와 교류는 줄어들고 서로서로 의존하려는 심리도 줄어들었다.

순수한 인간관계보다는 거래관계를 많이 하게 되었고 계산된 관계를 하는 경향이 짙어졌다.

나 혼자만의 고립은 편할 수 있겠지만, 약하고 위험해진다.

사람은 궁극적으로 서로 뭉쳐 도움을 주고받을 때 우정도 돈독해지고 힘이 배가되고 세도 형성되어 생존에도 유리하다.

04 | 은총도 두려운 것

　　사람은 사랑받고 싶어 하고, 인정받고 싶어 하고, 칭찬 받고 싶어 한다.

주목 받고 싶고 중심에 서고 싶어 하는 마음도 자연스러운 현상이다.

그러다보니 한정된 기회를 두고 서로 다투기도 한다.

사랑할 총寵은 집 면宀 밑에 용龍이 들어간 문자로, 아직 하늘로 올라가지 못한 용처럼 출사하지 않고 있는 귀인을 뜻한다.

용 같은 귀인처럼 특별히 귀여워하고 사랑하는 걸 가리켜 총애를 받는다고 하고, 많은 사람들로부터 아주 특별한 사랑을 받는 사람을 총아라고도 한다.

은총恩寵은 높은 사람에게서 받는 특별한 은혜와 사랑을 뜻한다.

은총을 받으면 누구나 기쁘다.

은혜 은恩은 인할 인因 밑에 마음 심心을 받친 문자로, 진심으로 우러나는 마음에서 도와주어 이에 대한 보답을 한다는 데에서 은혜라는 뜻이다.

물질적, 정신적으로 누군가로부터 도움을 받으면 힘이 생긴다.

다만 지나친 보살핌이나 환대를 오래 받으면 오히려 방자해지기 쉽다.

놓을 방放자는 모 방方과 칠 복攵이 합쳐진 모습으로, 회초리를 들고 먼 방향으로 내쫓거나 놓아준다는 의미다.

인기가 있다고 제 멋대로 행동하며 자기의 본래 위치를 벗어난 마음은 방자한 마음이다.

마음이 방자해지면, 일정한 질서와 규칙을 무시하거나 상대를 존중하지 않고 조심도 하지 않으며 오만하게 행동하게 된다.

승리는 당연히 좋은 것이다.

그러나 미숙할 때에 일찍 승리를 연속 맛보면 자만해지기 쉽다.

정치인이든 운동선수든 연예인이든 일반인이든 인기를 계속 받게 되면, 자만하거나 오만방자해지기 쉬운데 그러는 순간 퇴보하거나 추락한다.

장차 패하게 하려고 은총을 계속 받게 하거나 작은 승리를 계속 맛보게 하여 오만방자하게 유도하는 경우도 생긴다.

그래서 상대를 약하게 만들고자 하려면, 반드시 상대가 오만하게 하거나 방심하게 만들어야 한다고 했다.

굳셀 강彊은 활 궁弓과 입 구口 그리고 벌레 충虫이 결합한 모습으로, 강한 생명력을 가진 쌀벌레를 뜻하며 '강하다' 는 의미다.

지나치게 강한 척, 강자인 척하거나 오만한 자는 가짜거나 약자거나 장차 약해지는 것이다.

유한 것은 강함을 이긴다.

부드러울 유柔는 창 모矛에 나무 목木을 합친 문자로, 창의 자루로 쓰는 부드럽고 탄력성이 있는 나무라는 데서 유연하다의 뜻이 되었다.

항상 강한 것은 실은 약한 것이고 자랑할 것이 아니라 걱정할 것이다.

세상일은 반대로 보면 맞는 경우가 많다.

가짜 강자는 필요 이상의 힘이 들어가 있고 건방지지만, 진짜 강자는 겸손하고 힘이 잔뜩 들어가 있지 않다.

오만무례한 사람을 보면 상처받고 화가 나지만, 그들은 무지하고 약자이며 머잖아 저절로 쇠퇴할 것이기에 흥분할 것 없다.

떡쇠가 순금 보다 더 뻣뻣한 것처럼, 사람도 진짜는 유연하고 휘어지고 겸손하다.

진짜 여부를 판단하는 데는 시간이 걸릴 뿐, 약한데 마치 세가 강한 척 연기하는 가짜도 많다.

초보일 때 그리고 회사도 갓 설립되었을수록 또는 규모가 작을수록, 더 크게 보이게 하고 대단하게 꾸미게 된다.

삼성이나 엘지는 크게 꾸밀 필요성을 느끼지 못한다.

클수록, 잘날수록, 많을수록 허세부리지 않는다.

빌 허虛는 호랑이虎와 언덕 구丘가 결합한 것으로, 호랑이가 나타나

자 두려워 모두 사라졌다는 데에서 '비다' 또는 '없다' 라는 뜻이다.

사람들은 강한 척, 대단한 척, 자신을 실제 이상으로 멋지게 보이고 싶고 능력이 있어 보이고 싶은 심리가 있다.

모두 은총 받고 인기 얻고 싶고 인정받기를 원하고 이익을 얻으려 다툰다.

그러나 은총을 받아 본분을 잃어 오만방자하게 행동하는 인간의 약점은 간과하기 쉽다.

은총을 받으면 외부 세계의 견제도 받고 중상모략도 있으며 시기와 질투의 대상이 되어 위험해 처해지는 경우가 많다.

은총을 받는다고 우쭐하기보다는 두려워해야 하는 이유다.

05 | 비우면 통한다

소통 소疎는 아이가 나올 때 태를 뚫으려고 발이 움직인다는
데서 소통의 뜻이 되었다고 한다.

통할 통通은 쉬엄쉬엄 갈 착辶과 속이 텅 빈 종처럼 길이 뻥 뚫려있
다는 의미의 길 용甬이 합친 글자이다.

비어 있어야 통하고 꿰뚫을 수 있는 것처럼, 소통은 상대의 의중과
나의 의도 사이를 통하게 하는 것이다.

사람들은 서로 교류하며 종횡으로 관계를 만들고 적극적으로 관계
를 찾아 인맥을 만든다.

관계關係란 빗장을 열고 실 사絲를 이어 계통을 확장시킨다는 데에서
인맥을 만드는 것이라는 의미도 있다.

인맥人脈의 맥脈은 月(육달 월)자와 물갈래 파派가 결합한 모습이다. 즉
물갈래와 같이 체내에 흐르는 혈맥을 뜻한다.

예전에는 집단적으로 일하고 놀고 생활하는 집단문화였다면, 지금
은 개인주의 중심 또는 개성이 우선시 되는 문화로 바뀌는 과도기에
있다.

원치 않는 모임이거나 원치 않는 술자리거나 원치 않는 집단생활이

나 조직생활은 기피하는 분위기로 바뀌고 있다.

심지어 명절 문화도 다양한 방향으로 바뀌고 있다.

고정관념에서 탈피하는 과도기라고 볼 수 있다.

집단조직보다 개인이나 가족이 우선시 되고 개인의 마음이 먼저요, 의무보다는 권리가 부각되는 요즈음이다.

기성세대는 정이 메말라 간다고 걱정이지만, 신세대는 생각이 다르다.

관계는 빈번히 만난다고 좋아지는 것이 아니다.

겉보기의 명절 풍경은 온 가족이 모여 화기애애하게 화목그자체인 것 같지만, 오히려 그 반대로 자주 만나고 지나치게 꽉 채우려고 하면 오히려 막힌다.

서로 인위적으로 노력하고 감정을 꾹꾹 누르면서 참고참고 응어리가 쌓이다가 어느 날 더 이상 수용불가 과부하가 되어 폭발해버리면 관계는 위기를 맞는다.

관계를 만드는 데는 평생 걸리지만 관계를 깨는 데는 순간이다.

연緣은 실 사絲에 끊을 단彖을 합친 자로, 천이 끊긴 데를 실로 감아 올이 풀리지 않는다는 데서 인연의 뜻이다.

인연은 혈연, 지연, 학연으로 시작하여 일과 관계된 연이나 생각의 연으로 넘어간다.

즉 주어진 인연으로 시작하여 끼리끼리 유유상종의 연으로 넘어간다.

결국 인격, 가치관, 생각의 경지, 관심사, 취향, 지적 수준, 사회신분 등이 비슷해야 인연으로 이어진다.

인연이 있으면 만 리 길처럼 멀리 떨어져 있어도 만나게 되고, 인연이 없으면 특히 가치관이나 생각의 경지에서 너무 차이나면 서로 어울릴 수 없고 바로 앞이라도 스쳐 지나간다.

혈연이나 지연도 잠깐 모임이면 좋지만 너무 빈번해지면 스트레스를 유발하고 부담이 되어 기피하게 된다.

가족이거나 아주 가까운 사이일수록, 이래저래 간섭하게 되고 본의 아니게 상대의 영역을 침범하는 경우도 많아진다.

무조건 함께 같이 있다고 능사가 아니다.

요즈음은 혈연, 지연, 학연에 구애받지 않고 국경, 민족, 인종, 나이란 경계가 허물어지면서 공동 관심사만 있다면 연이 맺어진다.

반면 끈끈한 혈연이나 지연일지라도 관심사가 다르면 서로 헤어져 각자 자기의 갈 길을 가게 된다.

가장 가까운 관계인 혈연이라 해도 말이 통하지 않거나 공동 관심사가 없으면, 그 인연도 느슨해지고 멀어지게 되는 건 자연스러운 순리다.

나무가 **빽빽**하면 나무는 잘 자랄 수 없다.

사람도 너무 한 곳에 밀집되어 있으면 서로 부딪치게 된다.

부딪칠 충衝은 다닐 행行과 무거울 중重이 합쳐진 것으로, 등에 봇짐을
지고 길을 가로지르려다가 상대와 갑자기 맞부딪치는 걸 의미한다.

큰 나무 옆에 어린 나무가 크게 자랄 수 없는 것처럼, 사람의 경우도
자식이 부모 옆에만 있으면 크게 자랄 수 없다.

빽빽하고 촘촘하게 함께 묻혀 있기보다, 성글게 멀리 있으면 더욱
잘 통하고 더욱 튼실하게 자란다.

비우면 통하고 **빽빽**하면 부딪친다.

뜻이 높으면 좋다고 한다.

특히 남자는 큰 뜻을 품고 살아야 인물이라고 했었다.

언제부터인가 남자나 여자 할 것 없이 꿈이 커야 한다며 부추기는 분위기다.

뜻 지志는 갈 지之가 변형된 것으로, 마음이 가는 쪽으로 지향한다는 뜻이다.

과연 뜻이 크고 꿈이 클수록 좋을까?

꿈이 너무 작으면 꿈을 펼쳐 보지 못해 아쉽고, 꿈이 너무 크고 꿈에 맞지 않는 방향이면 성취가 아니라 실패와 좌절 그리고 불행을 불러 온다.

대체적으로 꿈은 십중팔구 꿈으로 끝난다.

모든 뜻이 이루어지기 어려운 것은 뜻이 언제나 실력과 능력 위에 있기 때문인데, 뜻이 현실보다 높을 때는 이룰 수 없다.

한계를 인정하고 현실성 있는 목표를 세울 때, 뜻을 이룰 수 있다.

세상은 삼각형 구조이며 제일 높은 곳의 꼭대기에 올라갈 사람은 한 정되어 있어서, 노력만 한다고 올라갈 수 없다.

거창한 꿈보다 자신의 목표에 맞는 꿈이면 모두가 조금 더 행복해 진다.

꿈이 너무 커서 제어가 안 되면 독이 될 수 있는 것을 우리는 간과한다.

일반적으로 인간의 본성은 게으름이다.

마음만큼 행동이 따르는 것도 아니어서 때로는 자신의 게으름을 자책하며 우울하기도 한다.

대체적으로 보통사람들에게는 게으른 마음이 있다.

열정이 넘치는 경우는 개인의 성향과 목표가 일치할 때에 생긴다.

맞지 않을 때는 한없이 도망 다니고 싶다.

뜻이 높은 만큼 뜻을 이루려 치열하게 밤낮을 가리지 않고 공부나 일을 해야 목표에 한 걸음 다가선다.

그러나 마음만 있고 움직임이 따라가지 못하는 게 일반적이다.

게으를 태怠는 '마음만 높아져서 일을 하지 않고 게으르다.' 의 뜻이다.

우리는 속박을 싫어하고 자유를 무지 좋아하는데 어쩌면 인간의 본성일 것이다.

자유를 위해서는 무엇이든 다 포기할 수 있다고 호언장담하기도 한다.

그러나 자유는 무서운 것이어서 마치 범람하는 물과 같아 통제하지 못하면 위험에 빠진다.

사회생활이나 조직생활은 개인의 개성을 뒤로하고 조직과 사회에 자신을 맞추어 일하는 곳이다.

그 과정은 아프기 마련이어서 성취와 자유는 같이 있지 않다.

성취는 속박의 결과물이다.

속束은 나무 목木의 가운데에 입 구口를 넣은 문자로 나무를 에워싸 묶은 형상이다.

묶을 박縛은 실 사絲에 펼 부尃를 합친 모습으로, 밧줄을 펴서 물건을 동인다하여 '묶다' 란 뜻이다.

아름다운 백조 같은 춤을 추는 발레 스타의 발은 꽁꽁 속박되어 오랜 고통을 겪어 성취의 열매를 맛본다.

성취와 자유는 누구나 갈망하고 추구하는 것이지만, 고통과 속박을 견뎌야만 하는 과정을 반드시 거쳐야 한다.

자유는 책임이 따른다.

어떤 선택이든, 결과는 스스로 책임져야 하는 무겁고 보이지 않는 진짜 속박이 있다.

부모, 선생님, 상사, 사장의 속박은 겉으로 보이는 작은 속박이지만, 책임이라는 보이지 않는 속박이 가장 큰 속박이 된다.

무엇을 하든 어떻게 하든, 자유의 선택에는 책임이 따른다는 게 필연적 숙명이다.

그러기에 자유는 좋은 것이나 물과 같아 양면성이 있는 것이다.

오직 자유를 다스릴 수 있는 사람 즉 물을 다스릴 수 있는 사람만이 그 물을 즐길 수 있듯이, 자유를 통제할 수 있는 사람만이 자유를 즐길 수 있다.

가정, 학교, 직장의 공통점은 속박에 있다.

그 속박이 싫어 박차고 나가면 자유를 만끽할 것 같은 착각이 들지만, 그런 자유는 능력을 갖춘 사람만이 누릴 수 있다.

호랑이나 사자로 태어났으면 홀로 야생으로 살아가는 게 맞다.

그러나 사자나 호랑이가 아닌데 홀로 나갔다가는 사냥감이 되거나 방황하게 된다.

속박을 벗어나 자유로운 몸이 되면 자유가 얼마나 두려운지 깨닫게 되고 불평과 불만도 없어진다.

인생의 여정은 대부분 오로지 혼자 판단하고 혼자 개척하고 혼자 책임지는 것이다.

무거운 책임 없이 자유만 좇는 것은, 출항하면서 준비 안 된 선장이 되는 것과 같다.

우리는 많은 시간이 주어지면 그냥 물처럼 흘러 보내기 일쑤다.

시간은 내일도 모래도 내년에도 후년에도 있다며 인생의 시간에는 한계가 있다는 걸 깨닫기 어렵다.

하루보다 일주일, 일주일보다 한 달, 한 달보다 일 년이 더 짧게 느껴지기도 한다.

하루가 **빠르다고는** 느끼지 않으면서 연말이 되면 벌써 한 해가 다 갔다며 한탄하게 된다.

가정, 조직, 국가는 속박이 따르지만, 속박 받는 만큼 키워지고 보호도 받는다.

가정, 조직, 국가는 속박이자 울타리라는 건 미처 생각도 못한다.

속박에서 벗어난 개인은 준비 안 된 채, 바다로 나가 외톨이 신세가 되어 방임된 자유가 얼마나 무서운 것인지 깨닫게 된다.

자유는 좋은 것이지만 그러나 두려운 것으로, 제어할 수 있을 때 진정 자유인이다.

자유를 얻고 싶으면, 자유를 반납하고 속박하여 가두어진 상태에서 성장한 후 자유를 누릴 수 있다.

물, 불, 자유, 돈, 명예, 권력 등은 모두 좋은 것이지만, 통제할 줄 아는 사람만이 즐길 수 있는 것이다.

그래서 능력을 키워놓는 것이 진정한 자유를 확보하는 것이 된다.

능력 없이 자유가 주어지면, 수영 못하는 사람이 바다에 던져진 격이 되고 사냥을 모르는 사람이 정글에 던져진 것이나 마찬가지다.

한 손으로 동시에 두 가지를 움켜질 수 없다.

자유, 돈, 명예, 권력, 여유 등 서로 모순되는 것을 동시에 추구하는 데에서 괴로움이 따른다.

모순된 것들은 양립할 수 없다.

얻는 것이 있으면 포기해야 하는 것이 있듯, 속박을 거친 후에야 자
유가 주어진다.

漢字

PART

05

지/知

오늘의 사교육은
주입식이 대부분이다.
지식은 사색과
경험이라는 것을 거쳐야
비로소 살아 있는
지식이 된다.

01 | 안다는 것이란

한 농장주가 두 마리의 천리마를 키워 돈을 좀 만들려고 했다. 그런데 얼마 후, 두 마리의 천리마가 먹이를 먹지 않아 몸이 점점 마르고 또 몸에 상처까지 생긴 것을 발견하였다.

초조해진 농장주는 다급하게 전문가를 찾았다.

말 전문가가 급히 달려와서 살피고는 다음과 같이 진단하였다.

"말을 키우는 방법에 문제가 있군요. 어째서 말을 이렇게 키우는 것입니까? 천리마는 역량이 뛰어나지만, 성질이 급하고 서로 불복합니다. 그래서 함께 먹이를 먹을 때 서로 빼앗으려 치고 물고 싸워 살도 안찌고 상처를 입습니다. 말 먹이는 통을 나누고 그 공간에서 먹게 해주면 됩니다. 두 필의 천리마를 하나의 먹이통에서 먹게 하지 마십시오."

전문가의 진단을 잘 실행한 농장주는 천리마를 팔고는 두 마리의 새끼 돼지를 키웠다.

말보다는 키우기 쉬운 것 같아 살을 찌워 팔려고 했는데, 두 마리 새끼 돼지는 먹이를 먹지 않고 점점 말라 갔다.

농장주는 돼지 전문가를 초빙하였는데, 그가 와서 두 마리 돼지를 살피고는 말한다.

"당신은 정말 어리석군요. 무슨 생각으로 돼지 두 마리를 각각 서로 떼어놓았나요?"

농장주가 천리마를 키우며 말 전문가에게 처방받은 대로 돼지에게도 시행하였다고 하자, 돼지 전문가가 처방을 내렸다.

"돼지의 먹이통을 반드시 하나로 합치십시오."

돼지는 혼자서는 먹는 것을 좋아하지 않고, 두 마리가 모이면 다투어 먹고 세 마리가 모이면 뺏어서 먹고, 한 무리의 돼지는 죽어라 먹는다.

경쟁이 있어야만 그들의 식욕이 증가하고 성장이 촉진된다.

상대를 보고 나눌지 합칠지 결정해야 한다.

말과 돼지가 잘못 크는 것은 주인의 무지 때문이다.

안다는 지知란 무엇일까?

알 지知는 화살 시矢와 입 구口가 합친 문자로, 빨리 날아가는 화살처럼 말귀를 알아듣는다는 의미다.

'안다' 의 지知는 아는 것은 안다고 하고 모르는 것은 모른다고 하고 모르면 묻는 것을 뜻한다. 그것이 곧 아는 것이다.

물을 문問은 문 앞에서 고한다 하여 '묻다' 의 뜻이 되었다고 한다.

다르게 표현하면 문을 통과하려면 입을 열어야 한다는 뜻이다.

우리는 생을 처음 살아보는 것이어서 매 단계마다 첫 경험이다.

항상 모르는 상황에 놓이게 되고 그럴 때마다 문을 열려면 입을 열어야 한다.

모르는 사람일수록 자존심 때문에 모른다는 말을 못하지만, 아는 사람은 모른다는 말을 부끄러워하지 않는다.

알 지知가 단순한 지식이라면, 지혜 지智는 알 지知에 날 일日이 더해진 것으로 나날이 성숙해져서 잘 알 수 없는 것까지 알게 된다는 의미다.

지식에다 많은 시간이 지남에 따라 경험하고 깨달아 나오는 것이 지혜다.

그래서 지혜는 습득하는 지식위에 있으며 학력이 높고 낮은 것과 별개다.

지식 위에 경험을 더하면 지혜이고, 경험을 더 하지 않으면 그냥 죽은 지식 또는 인터넷 지식으로 남는다.

지혜는 지식 위의 것으로 세상 문제를 진단하고, 예측하고, 문제를 푸는 열쇠이다.

그래서 지혜가 귀한 것이다.

모든 물체의 고유한 성질과 본질을 알고 그 차별점도 알아 다른 것을 다르게 보고 다르게 대응하는 능력도 지혜다.

모든 동물들은 성격이 제각각이어서, 개미와 늑대는 무리를 이루고 호랑이와 사자는 홀로 떨어져 산다.

동물처럼 화초나 나무 등의 식물도 각기 다른 성질을 가지고 있다.

햇볕을 좋아하는 식물, 햇볕을 싫어하는 식물, 물을 좋아하는 식물, 물을 싫어하는 식물, 모래를 좋아하는 식물, 흙을 좋아하는 식물, 추운 곳을 좋아하는 식물, 더운 곳을 좋아하는 식물 등 식물마다 고유의 성질을 파악하여 맞추어 주는 것이 아는 것이다.

사람 역시 마찬가지다.

사람마다 가치관, 성격, 취향, 지식, 지혜, 능력 모두 다르다.

자신의 성격, 성향, 능력을 잘 알아 제자리를 찾아가는 것이 우선이다.

다른 사람들의 능력을 알아내고 차이를 헤아려 적재적소에 배치하고 사람들의 능력을 최대한 끌어내는 것이 지혜로운 사람이다.

단체로 조직을 이끌 것인지 개개인의 취향대로 개성을 존중하여 각자에 맞추어 운영할 것인지를 아는 게 또한 지휘자의 능력이다.

예전의 해왔던 대로 같은 방식을 관성에 의해 습관처럼 가는 것은 아는 것이 아니다. 세상의 규칙, 본질, 본성, 변화를 잘 아는 것이 진짜 아는 것이다.

02 | 보이지 않는 위치를 아는 게 아는 것이다

옛날의 관리들은 조정에서 작위와 서열에 따라 서 있었는데, 황제의 곁에서 가까울수록 지위가 높고 멀수록 지위가 낮았다. 따라서 사람이 서 있는 곳을 보면 그 사람의 직위 즉 일하는 사람의 일이 무엇인지 가늠할 수 있었다.

자리 위位는 팔을 벌린 채 서 있는 사람 인人과 설 립立이 결합한 문자로 사람이 서 있는 '위치' 라는 뜻인데, 고대 계급사회에서는 신분이나 직위에 따라 앉는 위치도 달라 그 위치를 보면 지위도 알 수 있었다.

정계에서는 지금도 직위와 서열에 따라 위치가 정해진다.

특히 북한 같은 나라는 더욱 선명하다.

정치인의 위치에 따라 서열이 몇 위이고 어떻게 서열이 바뀌고 있는지 사진을 보아도 알 수 있다.

중국에서는 식사 초대 때에는 여전히 서열에 따라 자리가 배치되고, 혹시라도 서열에 따른 자리 배치에 이상이 없는지 민감하게 반응한다.

자리 배치가 잘못 되면 기분이 상하고 마음의 상처가 생길 수도 있다.

그래서 좌석 배치가 여간 골치 아픈 일이 아닐 수 없고 복잡한 문제다.

홍콩 출신의 세계적 거부 리자청은, 손님들이 들어오는 순서대로 엘리베이터에서 부터 영접하여 자리에 앉게 하여 이런 문제를 해결하였다는 일화도 생겼다.

좌석을 보고 서열을 알 수 있고 자신의 위치가 상중하에서 어디인지 짐작할 수 있어서 위치에 민감하지 않을 수 없다.

특히 상류사회일수록 이런 현상은 더욱 심하다.

중국에서도 상류사회에 속하는 중국인들은 좌석 배치에 매우 민감하게 반응한다.

발언을 할 때에도 역시 상중하라는 서열이 작용한다.

회장님이나 사장님이 회의를 소집하여 얘기를 하는 자리에서 직원들에게 얘기를 할 기회를 준다 하더라도, 서로 눈치를 보며 저마다 발언기회를 미루는 풍경이 일반적이다.

겉으로 선명하게 드러나지 않더라도 사회에서는 그 서열이 암묵적으로 정해져 있다.

서열과 위치에 대한 개념이 없으면 아무 데나 나서고 위치와 서열을 무시하여 실례를 범하게 된다.

보이는 위치보다 보이지 않는 위치를 잘 알고 잘 지켜야 규칙과 법규를 아는 이치에 밝은 사람이다.

벼슬 관官은 집 면宀 안에 언덕 부皀(흙이 쌓여있는 '언덕' 을 표현한 것)가 합쳐진 모습으로, 높은 언덕에 있는 집은 관청이라는 뜻이다.

신하 신臣은 임금 앞에 몸을 구부리고 있는 신하의 모양을 본뜬 글자이다.

관리와 신하는 상반된 위치의 특징을 말해 준다.

민주주의 세계에서도 겉으로는 서열이 심하게 드러나지 않고 평등해보이지만, 공식적인 자리에서는 여전히 위치와 서열이 분명해진다.

서열에 따라 앉는 위치가 정해지고 상하라는 규칙이 엄격히 정해지는게 당연한 것이라, 조직에서는 더욱 그러한 틀을 벗어나기 힘들다.

사람과의 관계 그리고 조직 속에서는 설 자리를 알고 상대의 심중을아는 사람이 총명한 것이다.

총명하면서도 태도가 좋으면 사람들의 마음과 세상 문을 좀 더 쉽게열 수 있다.

귀 밝을 총聰자는 귀 이耳와 총명함을 의미하는 총悤(이 글자는 사람의머리와 심장을 함께 그린 형상임)이 합쳐진 문자로, '귀가 밝다', '이해력이 빨라 말귀를 잘 알아듣는다.', 즉 '똑똑하다' 라는 뜻이다.

초보 때 누구나 서툴고 둔하고 일을 모른다.

그러나 태도가 좋으면 봐주고 기다려주고 가르쳐주는 사람이 많다.

태도가 안 좋고 잘났다며 자신만만하고 심지어 교만하고 경거망동하고 꺼림 없이 방자하면, 조그마한 실수도 용납하지 않고 마음을 달아버리고 관계를 끊을 수도 있다.

그래서 태도가 좋으면 길하다.

길吉자는 선비 사士와 입 구口가 합친 문자이며, (선비 사士는 열 십 밑에 한 일을 붙인 것으로 일에서 십까지 무엇이든지 다 아는 사람이라는 뜻이다.) '상서롭다' 또는 '길하다'라는 뜻이다.

태態는 능할 능能 밑에 마음 심心이 합친 것으로, 마음이 착하고 아름답다는 의미에서 태도의 뜻이다.

좋은 태도는 매력으로 사람을 끌어당긴다.

태도가 좋으면 마음을 열고 태도가 좋으면 나쁜 것도 좋은 쪽으로 바뀔 수 있다.

03 | 배움에도 등급이 있다

　　배울 학學은 '아이가 집에서 글쓰기를 오래 연습하면 마침내 사물의 이치를 깨닫게 된다.'는 의미다.

요즘은 배움이란 지식 습득을 말한다.

수학과 영어, 컴퓨터 등 진학과 취직에 필요 되는 지식과 기술을 가장 중요하게 여기는 시대다.

대부분의 사람들은 고학력에 외국어도 한두 가지 하며 스펙 쌓기에 여념이 없다.

수많은 자격증을 따기 위한 공부를 멈추지 않는다.

자격증 과잉 시대이기도 하다.

하지만 인간 공부 또는 세상 살아가면서 누구나 알아야 할 세상 이치를 터득할 수 있는 인문학 공부를 하는 사람은 별로 없다.

지금 당장 진학과 취직에 도움 되지 않는다고 외면당하기 일쑤다.

인문학이 당장 돈벌이 되는 건 아니지만, 인생을 살아가는 데 반드시 공부해야 하는 인생나침판 역할을 한다.

외우기만 한 공부는 죽은 지식이다.

오늘의 사교육은 주입식이 대부분이다.

지식은 사색과 경험이라는 것을 거쳐야 비로소 살아 있는 지식이 된다.

같이 배웠으나 그 경지와 개달음이 다른 것은 경험과 사색이 있느냐의 차이다.

주입된 지식은 창고에 쌓아놓은 물건 같은 지식으로 등급으로 따지면 '하' 등급이고 스스로 사고하고 연구하면 '중' 등급이며 이치를 깨우치면 '상' 등급이다.

학문의 이치를 깨닫기까지는 오랜 시간이 걸리고 수련의 마음자세가 필요하다.

닦을 수修는 몽둥이로 사람을 때리는 모습을 그린 바 유攸와 터럭 삼彡이 결합한 모습으로, '닦다' 또는 '연구하다' 라는 뜻이다.

책 속의 지식만으로는 사고가 깊어질 수 없고, 반드시 지식에 더하여 사회 경험이 풍부하고 많은 사색을 거쳐야 사려 분별과 판단력이 생기게 된다.

학문을 닦은 사람 또는 학식은 있으나 벼슬하지 않은 사람을 선비라 하는데, 벼슬 사仕는 사람 인人과 선비 사士가 결합한 모습으로 임금을 모시던 관리를 뜻한다.

'만 권의 책을 읽고 만 리 길을 걷는다' 는 건, 다양한 독서를 하고 다양한 경험을 해야 이치를 깨달을 수 있다는 것이다.

즉 배우고 골똘히 연마를 해야 깨닫는 경지에 이른다는 뜻이기도 하다.

그러나 우리는 빨리 성취하고 싶은 조급한 마음이 앞서, 배우고 깨닫는 긴 과정을 지루하고 참기 어려워한다.

학습 없이 조급해서 빨리 서둔다고 되는 것이 없다.

고수는 책의 이론과 실제 경험이 합쳐져 진짜 아는 사람이다.

사회에서 경험을 통해 배우고 깨닫는 것이 진짜 배움이고 '상' 등급이다.

배운 사람이란 지식이 얼마나 많은가가 아니라, 생각의 크기와 깊이 그리고 이치를 얼마나 깨달았느냐에 달렸다.

오늘날 정보는 홍수처럼 넘치고 전문가들도 앞 다투어 정보를 제공하며, 인터넷에는 그야말로 척척박사가 되어 없는 게 없는 정보창고가 되었다.

그 많은 정보를 볼수록 혼란스럽고 길을 잃기 쉽다.

세상에 공짜는 없는 법이다.

아무리 많은 지식과 정보도 결국 본인이 분별해야 한다.

분별 못하면 뛰어난 지식과 고급 정보도 생명력이 없다.

정보도 스스로 판독하고 분별하는 것으로 식별 능력, 판단 능력이 있는 사람만이 가능하다.

100% 완전하게 제공되는 완제품에 가까운 정보는 거의 없다.

쉽게 얻어지는 정보라면, 이미 세상사람 다 아는 정보로 정보로서는 가치가 없으며 대부분 광고다.

만 시간의 법칙이 있듯, 홀로 배우고 연구하고 경험하고 사색을 통해 깨닫는 것이다.

고통 없이, 경험 없이 깨닫는 것은 없다.

깨달을 각覺은 배울 학學과 볼 견見이 결합한 모습으로, 미처 알지 못했던 것을 직접 보고서야 알게 됐다는 의미에서 '깨우치다' 라는 뜻이다.

즉 깨달음은 모두 경험과 고통이 따르는 것이다.

주입식 교육을 그대로 습득하는 것은 배움의 '하' 등급이고, 묻고 듣고 배우면 '중' 등급이고 배우고 묻고 깨달으면 '상' 등급이다.

결국 자신만의 터득한 사고가 있고 여기에 실천이 따라야 '상' 등급의 배움이 되고 가치가 있는 것이다.

04 | 기운으로 감지할 수 있다

세계적인 유명 연예인이 공연할 때 관중들이 지나치게 흥분하여 집단 기절하는 현상이 벌어지기도 한다.

장례식장에서 지나친 슬픔에 감정을 추스르지 못해 기절하는 경우도 종종 있다.

희로애락에 감정을 과하게 쓰면 기氣가 급격히 쇠락하거나 끊어져 기절한다.

정신을 잃고 까무러치는 걸 기절氣絶이라고 한다.

기운 기氣의 원래의 기气(하늘에 감도는 공기의 흐름이나 구름이 흘러가는 모습을 그린 것)였는데, 쌀(米)로 밥을 지을 때 나는 '수증기' 와 연관시켜 氣로 표기한 것이다.

기氣는 눈에 보이지 않으나 눈, 코, 입, 귀, 마음으로 느껴지는 현상을 나타낸 것으로, 숨 쉴 때 나오는 기운이나 활동하면서 방출되는 힘 또는 기운차게 뻗치는 형세 등을 의미한다.

속에서 뿜어 나오는 증기의 냄새만 맡아도 무슨 음식인지 보지 않고도 알 수 있는 것처럼, 상대에게 풍겨 나오는 기운을 보고 그가 누구이며 어떤 심기인지 감지할 수 있다.

생각은 말과 행동을 낳고 행동은 습관이 되고 습관은 삶이 된다.

살아온 삶에서 그 기운이 나오고 기운은 에너지가 된다.

그래서 사람마다 나오는 또는 느껴지는 에너지가 각각 다른 것이다.

좋은 사람, 좋은 삶, 좋은 기운, 좋은 에너지는 매력으로 작용하여 사람들을 기분 좋게 한다.

반대로 나쁜 사람, 나쁜 삶, 나쁜 기운, 나쁜 에너지는 왠지 불쾌한 기운과 피로감에 빠지게 만든다.

삼성 창업주 이병철 회장이 직원 면접을 볼 때 관상전문가를 불렀다는 일화가 있듯, 사람의 기운을 보고 사람을 어느 정도 볼 수 있다.

아무리 감추어도 그 기미나 분위기에서 드러난다.

범상치 않는 기운을 가리킬 때 기도불범氣度不凡이라 한다.

자신감 있으며 활발한 사람에게서는 활기活氣찬 기운이 뿜어져 나오고 화난 사람에게서는 노기怒氣가 흘러나온다.

총명한 사람에게서는 총기聰氣가 넘치고 시골사람에게서는 흙의 기운인 토기土氣가 나온다.

기세氣勢에서의 형세 세勢는 심을 예埶에 힘 력力을 합친 문자로, 심은 초목이 힘차게 자라는 형태를 그린 것이다.

두 사람이 싸우기 전에, 실은 기세로 승패를 점칠 수 있다.

얼핏 거친 기운을 가진 과격한 사람이 이길 것으로 일반인들은 예측하지만, 고수는 담담하고 침착한 기운을 가진 사람이 이길 것으로 예측한다.

싸움을 할 때 초보는 무작정 기세 사납고 거칠며 무모하게 달려들지만, 성숙되지 않은 어린 사람의 혈기왕성한 기운일 뿐이다.

동네 건달의 기세가 대단한 것 같지만 금방 밑천이 드러난다.

상대가 싸움을 걸어오면 즉각 맞대응 하는 것도 역시 미숙한 혈기 때문이다.

진짜 싸움 잘 하는 싸움닭은 나무로 깎아 만든 것처럼 미동도 없이 상대 닭을 노려보기만 하여, 싸우기 전부터 기세에 눌린 상대 닭은 도망가 버린다.

기세가 강한 자는 요란하지 않다.

요란할수록 진짜가 아닌 가짜이며 하수다.

고수나 진짜는 기세가 강한 자로 흔들림 없는 안정감이 있다.

안정감이 있고 침착한 사람은 내공이 있는 사람이다.

두 사람이 똑같은 옷을 입어도 느낌이 다른 것은, 그 사람의 기운, 즉 속에 있는 기운이 두 사람 각각 다르기 때문이다.

예전에 어느 귀부인이 형세가 안 좋아 위험에 처하자 하녀의 옷을 바꾸어 입고 피신하다가 결국 잡혔는데, 잡힌 이유가 그녀에게서는 하녀와 다른 범상치 않은 기품이 풍기고 있었기 때문이었다.

이와 비슷한 다른 이야기도 있다.

옛날 어느 임금이 변장을 하고 여러 장수들과 함께 사냥을 나갔다가

산 속의 어느 노부부 집에 들르게 되었다.

노파가 영감에게 임금을 가리키며 말하는 소리가 들렸다.

"저 사람들 일행 중 한 사람은 기운이 범상치가 않아요. 아주 특별한 사람 같아요. 임금님 같은 기상이에요. 극진한 대접을 해드려야겠어요."

두 부부가 하는 얘기를 듣게 된 신하가 임금에게 그런 말을 전하였고, 임금은 궁으로 돌아오자 두 사람을 불러 후한 대접을 하였다고 한다.

비록 산속에 사는 노파였지만, 사람의 기운을 예리하게 감지하는 능력이 있었던 것이다.

기는 생명의 기운을 가리키는 것으로 죽음은 그 기가 다한 것이다.

그 사람이 풍기는 광기狂氣(미친 기운), 독기毒氣(독을 품은 기운), 살기殺氣, 신기神氣 등의 기운에 따라 그 사람의 마음을 알 수 있다.

활발한 사람은 싱싱한 활기가 흘러나온다.

활기活氣는 살아 움직이는 기운으로 물 수水에 혀 설舌을 합친 모습이며, 막혔던 입에서 혀가 움직이듯 막혔던 물이 터져 나오는 것 같은 기세를 뜻한다.

마음과 몸의 활동력을 가져다주는 기운인 원기元氣, 정의로운 마음에서 일어나는 기운인 의기義氣, 상서로운 기운인 서기瑞氣, 총명한 기운인 총기聰氣, 윤택한 기운인 윤기潤氣, 갈기가 높게 선 멧돼지 같

이 강한 기운인 호기豪氣, 푸른빛이 나도록 희고 깨끗한 기운인 정기
精氣 등은 좋은 기운이다.

사악한 기운인 사기邪氣, 요사한 기운인 요기妖氣(妖는 여자 여女와 어릴
요夭를 합친 자로 아리따운 여자가 웃음 지으며 남자를 유혹한다는 데서 요망한 기
운이라고도 한다), 분노의 기운인 노기怒氣 등 나쁜 기운도 있다.

이처럼 다양한 기운이 고스란히 전해진다.

기운은 숨긴다고 숨길 수 있는 것이 아니어서, 세심히 관찰하고 느
끼려 하면 그 기운과 그 마음도 파악할 수 있다.

어떤 장소나 집에서 밝고 좋은 기운이 나오거나 반대로 왠지 음침하
고 불길한 기운이 나오는 것을, 평범한 일반인들조차 감지하는 경우
도 많다.

굳이 점쟁이 풍수전문가가 아니더라도 집중하면 기운을 감지할 수
있으며, 다만 기운이나 사물에 민감한지 민감하지 않는지에 따라 다
를 뿐이다.

점쟁이, 무당, 풍수지리전문가, 예술가 등은 감각이 매우 예민하여,
일반인이 감지하지 못하는 걸 감지하거나 또는 일찍 감지하는 재주
가 있다.

느낄 감感은 다 함咸과 마음 심心이 결합한 모습으로, 눈, 귀, 코, 입
그리고 손으로 '모조리 느끼다' 라는 뜻이다.

기운을 조용히 그리고 세밀히 관찰하면, 상대의 마음과 기분 상태를 읽을 수 있다.

관심 갖지 않고 집중하지 않아 감지가 안 될 뿐이지 사람이나 물건이나 땅이나 집이나 고유의 기운을 풍기고 있다.

밥이 다 될 무렵에는 쌀 냄새가 나고 된장에서는 구수한 냄새가 나듯, 좋은 사람에게서는 좋은 기운이 나오고 나쁜 사람에게서는 나쁜 기운이 나온다.

아랫사람이 윗사람의 심기를 알면 상황 파악도 잘 되어 일의 진행이 순탄하고 원하는 것도 얻게 된다.

윗사람 역시 아랫사람의 심기를 읽어야 아랫사람의 마음에 맞게 이끌어 성과를 낼 수 있다.

기운을 감지하고 심기를 예측하면 함정을 피할 수 있고 기회도 얻는다.

05 | 총명은 잘 듣는 데에서 시작한다

들을 청聽은 귀 이耳와 천간 임壬 그리고 큰 덕惠이 결합한 것
으로, '보고, 듣고, 느끼는 사람'이라는 뜻이다.

평범한 사람이 덕이 높은 사람의 말을 귀 기울여 듣는 것을 경청이
라 한다.

정직한 마음을 가진 사람이 곧 덕을 실천하는 사람이다.

덕에 맞는 말을 들으려면 먼저 자신이 총명해야 한다.

덕이 있는 말을 들을 수 있는 사람은 귀가 영민한 사람이고, 멀리 볼
수 있는 사람은 눈이 밝은 사람이며, 이 두 가지를 다 할 수 있는 사
람은 총명한 사람이다.

상대의 말을 귀담아 들은 뒤에 곰곰이 생각하고 마음으로 기억한 사
람을 총명하다고 한다.

입만 있고 귀가 없으면 소리를 들을 수 없고 똑똑할 수 없다.

말은 하기 쉬운데 듣기는 어렵다.

말하는 사람은 많은데 듣는 사람은 적다.

그래서 입으로 싸우는 논쟁은 많아도 듣는 사람이 적어 소통이 잘

안되고 고집불통이 많다.

이처럼 총명해지기는 어렵고 갈등을 해소하고 충돌을 막는 것은 더 어렵다.

눈은 두 개, 입은 하나, 귀는 두 개라는 것만 보아도, 많이 보고 많이 듣되 적게 말하라는 뜻이 내포되어 있다.

말하는 것도 일종의 스트레스 해소여서 듣기보다 말하기를 좋아한다.

그러나 말할 때에는 아무 것도 보이지 않고 감지하지 못하지만, 상대의 말을 잘 들으면 보이고 미묘한 것도 감지할 수 있다.

잘 듣는 것이 총명한 것이다.

귀 밝을 총聰은 귀이耳와 총명할 총悤이 합쳐진 문자로, 이해력이 빨라 '말귀를 잘 알아듣는다.', '똑똑하다' 라는 뜻이며 남이 하는 말의 의미를 잘 분간할 정도로 귀가 밝아 '총명하다' 는 의미도 있다.

밝을 명明은 낮을 밝혀주는 태양 일日과 밤을 밝혀주는 달 월月을 함께 그린 것으로 '밝다' 라는 뜻이다.

총명하다는 것은 잘 들을 줄 아는 것부터 시작된다.

들리는 것을 그냥 듣는 것은 누구나 가능하다. 동물이 사람보다 더 민감하게 듣는다.

개의 청력은 인간의 만 배나 된다고 한다.

청력이 뛰어나게 발달되었다.

들을 줄 아는 것은 청력이 좋은 것과는 다르다. 들을 줄 아는 것은 상대의 말을 듣고 그 의도를 정확히 꿰뚫는다는 의미다.

말을 듣고 그 의중을 제대로 파악하기는 상당히 어렵다.

상대의 말소리만 듣거나 말을 흘려듣거나 말을 듣고도 잊어버리거나 들은 말을 자신의 마음대로 해석하는 경우가 많다.

대체적으로 부모님 또는 윗사람들의 가르치는 말이나 훈계 또는 지적을, 꾸중이나 잔소리로 여겨 듣기 싫어하고 귀담아 듣지 않고 흘려버리기도 한다.

사람들은 대체적으로 듣고 싶은 것만 들으려 하고 듣고 싶지 않은 것은 듣지 않는다.

칭찬은 듣고 싶고 꾸중은 회피하며 귀를 닫아 버린다.

상대는 말을 말속에 숨겨 하는 경우도 많다.

직접적으로 말을 솔직하게 하면 촌스럽고 부끄러워 말의 일부만 하거나, 말을 거꾸로 반어법으로 말하거나, 다른 사람을 빗대어 말하거나, 에둘러 말하여 본래의 뜻을 알아차리기가 쉽지 않게 한다.

집중하여 잘 듣고 연구하지 않으면 절대 그 말의 뜻을 알아들을 수 없다.

정치 무대나 비즈니스 세계 그리고 지식인이나 은자의 말은 일반인보다 훨씬 복잡하고 아리송하게 한다.

상대방을 존중해 주는 예의상의 반어법을 잘 새겨듣지 못하면, 정성을 쏟고도 마무리를 제대로 못하여 결례를 하게 되는 경우도 생긴다.

압축하여 하는 말도 넘치고 많다.

시는 모두 고도로 정밀하게 압축된 말이다.

고전 그리고 시경詩經 속에는 인간사 비밀 규칙을 많이 말하고 있지만, 난해하고 관심이 없어 보고 귀담아 듣기는 어렵다.

총명한 것은 귀가 밝고 이해력이 좋으며 스스로 터득할 줄 아는 것이다.

깨달을 오悟는 마음 심心과 나 오吾가 결합한 문자로, '마음 깊이 깨달음의 경지에 이르렀다.' 는 뜻이다.

06 | 깨우쳐야 진짜 아는 것

화살 시矢에 입 구口가 합친 지知는 사물을 인식하고 옳고 그름을 판단하는 능력이다.

알 지知 밑에 날 일日을 합친 지智는, 신의 뜻 또는 하늘의 뜻을 아는 것이라 한다.

지식이 세월, 즉 일(日)을 지나면 지혜가 된다는 뜻이다. 사람에 따라 보이는 것을 인식하는 것이 다르고 지혜도 다르다.

산 아래 있으면 산골짜기가 보이고 산 중턱에 있으면 산 중턱 풍경이 보이고 산꼭대기에 오르면 시야가 탁 트이게 된다.

같은 사물을 보고도 세속인과 현자 그리고 성인의 관점은 각기 다르다.

사람의 그릇과 자리에 따라 다르게 보이기 때문이다.

개미나 참새의 눈과 호랑이나 용의 눈에 보이는 것은, 차원이 다를 수밖에 없다.

어제 본 것과 오늘 본 것 그리고 내일 볼 것도 각각 다르게 보일 수 있다.

하늘의 뜻을 알면, 크게는 천시를 장악할 수 있고 작게는 시대의 변화와 흐름에 따라 움직이고 대응할 수 있다.

손바닥 장掌자는 높을 상尙과 손 수手가 결합한 모습으로, 손을 높이 들어 손바닥을 보이며 일을 지휘한다는 뜻이다.

쥘 악握은 손 수手에 지붕 옥屋을 합친 문자로, 덮어 싸서 잡아준다 라는 뜻이다.

상황을 장악하면 어려운 일도 한결 쉽게 풀 수 있다.

사람들은 어릴 때부터 공부하여 지식이 많다.

지식이 너무 많아 무엇을 아는지 모를 정도로 많이 배운다.

그러나 컴퓨터가 사람보다 지식을 더 많이 담고 있는 시대가 되었다.

사람들은 나름 지식을 많이 배웠고 학력도 갖추고 여행도 많이 하여 견문도 넓혔다는 자부심도 있다.

그럼에도 어디로 가는지 내 자신은 어디 쯤 있는지 미로에 서 있는 기분이 들 때가 많고 미래가 불확실하여 불안을 느낀다.

꿈이라는 얘기를 많이 하는데, 꿈은 대부분 같은 꿈이다.

좋은 대학 가서 좋은 직장인 대기업이나 공무원 되어, 돈 많이 버는 것이 한결 같고 공식이 되어버린 꿈이다.

그러나 그 꿈을 이루는 사람은 진즉부터 극소수에 불과하다는 걸 알고 있다.

재능과 노력 그리고 운까지 있는 극소수 사람만이 행운을 얻는다.
한정된 자리에 소수만 뽑기 때문에 나머지 대부분은 탈락이 예고되어 있다.

행운을 선택받은 사람은 행복하지만 그렇지 못한 대부분은 슬프고 화만 난다.
우리는 지식만 배우고 깨닫지 못해 다 같은 지식 또는 그다지 쓸모 없는 지식을 배우고 있다.
학교에서 학원에서 배운 지식이 기업 사회 인생에서 필요 되는 지식 과는 매치가 되지 않기 때문이다.
깨달음 없이 무작정 쌓는 지식은 무용지물이고 창고의 지식이 되고 만다.

꿈 또는 목표를 이루었을 때의 성취감, 행복, 희열이 오지만 계속 이어지는 것은 아니다.
깨달을 각覺은 배울 학學과 볼 견見을 합친 문자로, 보고(見) 배운다 (學)라는 의미다. 나아가 확실히 이해하다, 생각한다는 뜻도 담겼다.
깨달을 오悟는 마음 심忄과 나오吾가 합친 글자로, '깨닫다, 눈 뜨다' 의 뜻이다.
각오覺悟는 도리를 깨닫고 앞으로 닥쳐올 일을 미리 헤아려 어떻게 해야 할지 마음을 결심한다는 뜻이기도 하다.

결국 우리는 우리가 진정 추구하는 것이 무엇인지 각자 모르고 맹목적으로 남을 따라 좇아가는 경우가 많다.

자신이 가는 길이 어디가 되어야 하는지 나침판 같은 것이 없기 때문이다.

삶의 가치관이라는 핵심적인 것이 빠져 있기 때문이다.

삶의 가치와 시대의 변화를 모르고 하늘의 뜻을 모르면, 안다고 할수 없다.

깨우치지 못하면, 아는 것이 아니다.

그냥 지식을 알고 경험이 많은 것은 겉으로만 아는 것이지 진정 아는 것이 아니라 지식을 습득한 것에 불과하다.

상식에 맞고 도리를 알고 이치를 깨달아야 안다고 할 수 있다.

우리가 조금 안다고 착각하는 것은 자기 분야의 그 무엇을 조금 안다는 것 뿐이다.

하늘, 땅, 사람을 연구하는 학문이 인문학이다.

도를 알고 길을 찾아내고 방법을 찾아내는 것이 진정 아는 것이다.

07 | 인간 유형 9가지

학문과 덕행이 높고 행동이 바르며 고결한 품격을 지닌 사람을 '군자君子' 라고 부른다.

군君은 다스릴 윤尹(권력을 상징하던 지휘봉을 든 모습을 그린 것)과 입 구口가 결합한 것으로, 직책이 높은 사람을 뜻한다.

'군자' 란 같이 있으면 믿음이 가는 기분 좋은 사람이다.

명품을 보면 기분이 좋아지는 것과 같이 '군자' 는 명품 인간이다.

군자의 반대는 소인小人이다.

소인은 간사하고 도량이 좁은 사람이다.

덕이 없고 자아 정체성이 제대로 확립되지 않은 소인들은, 항상 다른 사람에게 적대적인 태도를 취한다.

매사에 짜증을 쉽게 내고 교만하고 부정적이며 자신만의 세상 중심이다.

이기적이고 진정성이 없는 사람이 소인이다.

소인과 같이 있으면 공연히 불편한 것은, 소인이 남의 단점만 보고 트집을 잡기 때문이다.

자신의 허물은 보지도 않는다.

간사하고 교활한 면도 있는 소인은 사람을 뒤에서 해치기도 한다.

사람을 크게 상등인간, 중등인간, 하등인간으로 나누고, 다시 세분화하여 상등인간에서도 상중하, 중등인간에서도 상중하, 하등인간에서도 상중하로 각각 나누어 아홉 등급의 인간이 있다고 한다.

이처럼 사람을 식별하기가 어려워 크게 군자형인간, 일반형인간, 소인형인간 이렇게 세 부류로 나눌 수 있다.

그럼 군자형인간, 일반형인간, 소인형인간을 식별하는 방법은 무엇일까?

그것은 덕이 재능 위에 있으면 군자이고, 재능만 있고 덕이 없으면 소인이이며 덕과 재능이 겸하면 성인聖人이라고 한다.

결출한 인물을 뜻하는 성인 성聖은 귀 이耳에 입구 구口와 천간 임壬이 합친 문자로, 밝은 귀와 민첩한 입을 가진 사람 즉 '현명한 사람'이란 뜻이다.

사람을 만나면 그가 어떤 유형의 인간형인지 식별하는 게 우선이다.

공자가 말하길, '군자는 생각해야 할 아홉 가지가 있다. 군자유구사君子有九思'라고 했다.

시사명視思明 사물을 볼 때는 분명하게 볼 것을 생각하고

청자총聽思聰 들을 때는 똑똑히 들을 것을 생각하며

색사온色思溫 얼굴빛은 온화하게 가질 것을 생각하고

모사공貌思恭 용모는 공손하게 다듬을 것을 생각하며

언사충言思忠 말을 할 때는 진실하게 할 것을 생각하고

사사경事思敬 일을 할 때는 신중한 것인지를 생각하며

의사문疑思問 의심이 날 땐 물어볼 것을 생각하고

분사난忿思難 화가 날 때는 화낸 후에 겪게 될 어려움을 생각하며

견득사의見得思義 이익을 얻었을 때는 의로운 것인지를 생각해야 한다.

모든 사람이 다 군자는 아니다.

모든 사람을 군자처럼 대하는 게 좋은 것은 아니다.

어질고 남을 사랑하는 마음을 가지는 것은 좋은 것이지만, 누구에게나 자비심을 베푸는 것도 좋은 게 아니다

인자仁慈에서의 어질 인仁은 사람 인人과 두 이二자가 결합한 모습으로, 두 사람이 친하게 지냄을 의미했는데 인간의 근본적인 마음가짐을 뜻하게 되었다.

사랑 자慈는 이 자玆와 마음 심心이 합쳐진 것으로, 무성한 마음으로 모든 것을 포용하고 베푸는 사랑을 뜻한다.

군자에게 군자처럼 대하고 소인에게는 소인처럼 대해야 한다.

소인에게 군자처럼 선하게 대하면 해롭다.

옛날 어느 한 농부가 겨울에 논밭에 나갔다가 얼어 죽게 된 뱀을 발

견하였다.

농부는 뱀을 불쌍히 여겨 자신의 품에 안고 집으로 와서 뱀의 얼은 몸을 녹여 살려주었다.

그러나 되살아난 뱀은 농부를 물어 죽였다고 한다.

이 우화는 바로 상대를 가리지 않고 무조건 선한 마음으로 독사를 자비심으로 대하였다가 봉변을 당한 사례이다.

모든 사람을 천편일률적으로 대하는 것은 융통성이 없고 안목이 없는 것으로 자신에게 해롭다.

소인을 미리 알아보는 안목이 있어야 하고 멀리하는 게 상책이다.

군자를 미리 알아보고 가까이 하여 배우고 본받아 한 단계 더 나은 인간형이 되는 것이 이롭다.

외모만 보거나 이미지만 보아서는 인간을 제대로 식별할 수 없다.

사람에게 가장 영향을 끼치는 요소는 바로 사람이다.

좋은 쪽이든 나쁜 쪽이든 사람에게서 영향을 가장 많이 받는다.

군자를 가까이 하면 군자형을 닮아가고 소인을 가까이 하면 소인형으로 감염되기도 한다.

'붉은 색을 가까이 하면 붉게 물들고, 먹을 가까이 하면 검게 된다. 근주자적 근묵자흑 近朱者赤 近墨者黑'이라고 했다.

감기만 감염되는 것이 아니라 생각이나 의식 또는 정신도 모두 감염

된다.

소인이 득세하면, 물질만 추구하는 사회가 되어 정신이 빈곤해져 시끄러운 세상 또는 병든 사회가 된다.

군자가 득세하면, 물질과 정신이 균형 잡힌 사회가 되어 건강하고 풍요로워 진다.

漢字

치/治

높은 자리의 사람이
높아 보이는 것은, 높은 자리를
밟고 서 있기 때문이다.
마치 산 위의 풀이 산 아래의 나무보다
높은 것처럼 말이다.

01 | 작은 선은 악, 큰 선은 무정

맹자는 인仁과 더불어 의義를 중시해 인의예지仁義禮智를 인간 본성의 덕德이라 하였고, 한漢대에 이르러 동중서董仲舒가 4덕에 신信을 추가하여 5덕이 되었다고 한다.

덕 덕德은 조금 걸을 척彳과 곧을 직直 그리고 마음 심心이 결합한 모습으로, "곧은 마음으로 길을 걷는 사람"이라는 뜻이다

또 덕은 물건이 곧은 것인지 아닌지 눈앞에 무엇인가 대고 자세히 측량해 본다는 의미도 있다.

곧은 지 여부를 따져야 하는 것은 군자가 늘 가져야 하는 됨됨이다.

덕德은 늘 재才와 대비되어 쓰였다.

인물이면 덕과 재 두 가지를 갖추었다는 의미다.

덕이 있고 재가 없으면 무능이고 재주가 있는데 덕이 부족하면 소인이다.

이 두 가지를 완벽히 겸비하기는 어렵다.

그래서 이처럼 5덕을 갖춘 군자君子는 아주 드물다.

그러나 군자는 도덕적인 사람이지 대중을 잘 다스리고 세상문제를 두루 해결할 수 있는 사람은 아니다.

많은 사람들을 다스리고 문제를 해결하는 큰사람이 곧 대인大人이다.

다스릴 정政은 바를 정正에 매질할 복攵을 합친 문자로, 옛날에 황하를 잘 다스리는 게 정치의 기본이었던 것에서 유래하였다.

다스린다는 것은 인仁으로만 되는 것이 아니다.

자비심이 없으면 가슴이 없는 것이고, 차가움이 없으면 두뇌가 없는 것이다.

'착하게 살아라.' 라고들 하는데, 착하게 산다는 것은 선善하게 산다는 것을 말한다.

살아가는 데 반드시 선이 있어야 한다.

인간과 동물을 구별하는 잣대가 선이다.

살아남기 위한 본능에서 동물에게도 지혜는 있지만 선과 덕은 없다.

정치도 선善이 있어야 덕치德治가 이루어진다.

무력만 쓴다면 동물세계에서의 강자가 약자를 잡아먹는 것과 별다른 차이가 없게 된다.

그러나 선만 있어서도 안 된다.

소선小善(작은 선)은 악惡이고 대선大善(큰 베풂)은 무정無情이라고 했다.

큰 선은 가난한 사람을 가난에서 벗어나게 하고 자립할 수 있게 도와주는 것이다.

선할 선善은 양 양羊에 다투어 말할 경誩을 합친 자로 길상吉祥을 가리키며, 말할 경謌은 '군자君子의 아름답고 바른 말' 을 의미한다는 데에서 '착하다' 의 뜻이 되었다.

아무리 백수의 왕 호랑이라도 사육되면 먹이를 받아먹는 게 익숙해져 야생에서의 왕다운 위엄을 잃고 퇴화한다.

모양은 기러기와 똑같은데 사람에게 사육되어 먹이 찾는 감각을 잃고 날지도 못하는 거위가 그렇다.

작은 선(소선小善)이란, 측은지심으로 끊임없이 선만 베푸는 것이다.

자립을 상실하면 존엄도 상실하게 된다.

스스로 자립할 수 있게, 도와주는 것이 대선大善(큰 베풂)이다.

지나친 선은 부작용이 크다.

베풂을 받을수록 나태해져 자극이 되지 않고 의욕상실이 되거나 발전할 욕구가 없어지게 만들 수도 있다.

다 같이 잘 살겠다는 사회주의 또는 공산주의는 대단히 이상적이다.

그러나 경쟁이 없고 자극이 없고 빈부가 없는 사회는 모두가 게을러진다.

선한 것도 지나치면 나쁘게 변한다.

약자일지라도 작은 것부터 스스로 하려는 의욕과 자립하려는 군센 의지를 만들어 주는 게, 더 큰 은혜를 베푸는 것이고 진정한 선이다.

설 립立은 사람이 땅을 딛고 당당히 서 있는 모습을 그린 문자다.

무진장 배려하고 돕는다면 자립심이 없어지고 의존성만 키우는 단점이 될 수도 있다.

대선은 노력하지 않고 구걸하는 사람은 도와주지 않는 것이다.

얼핏 보기에 무정해 보이지만, 스스로 자립하는 방법을 찾고 노력하게 하여 구걸 행위에서 벗어나게 강하게 훈련시키는 것이다.

스스로 할 수 있고 스스로 일어설 수 있게끔 적당히 도와주고 고통을 겪게 하여, 고통을 딛고 성장하는 걸 지켜보는 것이 대선大善이다.

그런 면에서 작은 선(小善)은 무조건 좋은 것은 아니라고 하는 것이다.

소선小善은 악이고, 대선大善은 무정無情이다.

02 | 익은 사람이란

'하룻강아지 범 무서운 줄 모른다.' 라는 속담은 '모르면 용감하다' 는 무모함을 의미하는 것이다.

어릴 때는 순수하고 맑지만 아이에서 어른으로 넘어가는 사춘기나 청년기 시기는 패기와 자신감이 넘친다.

무서운 것 없고 모르는 것이 없는 것 같은 착각하는 시기이다.

훗날 뒤돌아보면 어리석었다는 걸 알게 되고 후회하고 부끄러운 마음이 들 때가 온다.

한국어로 '어리석다' 의 어원은 어리다, 즉 어린아이 같은 마음이다.

어릴 유幼는 힘(力)이 작다는 의미이고 힘이 약하다는 데에서 어리다는 뜻이고, 어릴 치稚는 벼 화禾와 새 추隹가 합친 자로 작은 꼬리처럼 짧으니 어리다는 뜻이다.

유치원幼稚園 다니는 어린애도 어른들의 말과 행동 하나하나를 듣고 보고 관찰하여 모두 흉내 낸다.

할머니들의 말투며 사투리 단어까지 그대로 따라하고 행동까지 리얼하게 흉내 내어 어른들의 폭소를 자아내게 한다.

사춘기가 되면 자의식이 생겨 하늘이 높은지 땅이 넓은지 모르는 그야말로 질풍노도와 어리석음으로 가득하여 청년기까지 이어진다.
때로는 중년을 지나 노년까지 이어지는 게 다반사이다.
착각과 어리석음은 남녀노소, 신분고하, 부자빈자 가릴 것 없이 모두에게 생긴다.
자아팽창의 단계는 착각의 단계다.
자신이 실제 이상으로 대단해 보이게 느끼는 시기다.
실력과 능력 또는 재능도 모르고, 할 수 있는지, 객관적 시각인지, 때가 되었는지 모른 채 욕망과 의욕만 앞선다.

어리석은 우愚는 긴 꼬리 원숭이 우禺와 마음 심心이 합친 모습으로, 원숭이가 꾀가 많은 것 같지만 어리석다는 의미다.
아는 척하면 어리석은 것이 되고, 아는 데 어리석은 척 하면 큰 지혜이다. '큰 지혜는 어리석음과 같고 큰 용기는 두려운 것과 같다. 대지약우 대용약겁(大智若愚 大勇若怯)'라는 말이 있다.
요란하면 약장수같이 가짜이고, 아는 척하면 모르는 것이며, 똑똑한 척하면 어리석은 것이 되고, 강한 척하면 약한 것이고, 있는 척하면 없는 것이고, 부자인 척하면 빈자이고, 빈자인 척 우는 사람은 알부자일 확률이 크다.
세상일은 보이는 것과는 반대인 경우가 더 많다.
떠들고 나서기 좋아하는 사람은 열정적이고 적극적이며 존재감을 느끼고 싶어 하는 외향적인 성향이다.

그러나 조용하고 겸손하고 드러나지 않는 사람이 진짜 무서운 사람이며, 그 속에는 세상일을 꿰뚫고 있는 은자가 숨어있다.

'소은小隱은 산속에 숨어있고, 중은中隱은 도심에 숨어 있고, 대은大隱은 조정에 숨어 있다.' 라는 말이 있다.

소은은 조용한 곳에 자극이 없는 산속에 있으니 자극 받았을 때 어떻게 반응해야 하는지 알지 못한다.

대은大隱은 전쟁터와 같은 조정이란 삶의 현장에 있으면서, 흐트러지지 않고 이성을 유지하며 복잡하고 어려운 문제를 풀어간다.

어리석은 사람은 어린아이처럼 유치한데, 유치한 것은 미숙未熟하기 때문이다.

미숙은 인간이 익지 않았다는 뜻이 된다.

미숙하고 초보일 때, 어리석을 때 가장 강한 척, 아는 척, 대단한 척 한다.

나이가 어리면 미숙하고 어리석고 유치하기 쉽지만 나이가 많아도 미숙하고 어리석으며 유치한 경우는 얼마든지 있다.

유치하면 치기稚氣가 가득한데, 치기는 열 살 전후의 어린아이처럼 어리석은 기운을 의미한다.

아닐 미未는 나무에 새가지가 돋아나는 모양을 본을 뜬 모습으로, 어린 가지가 아직 자라지 않았다는 데서 아직 되지 않음, 미치지 못함의 뜻이다.

익을 숙熟은 밑에 불 화灬를 붙인 문자로, '불로 익히다.' 라는 의미다.

어리석고 현명한 것의 기준이 나이가 중요한 것이 아니다.

물론 세상경험을 더 겪어보고 살아본 나이 많은 사람이 상대적으로 어린 사람보다는 조금 더 알 수 있을 뿐이다.

어려도 현명할 수 있고 나이가 많아도 어리석을 수 있다.

그래서 어리석음은 나이와 별개로 인간이 덜 익었을 때 나타나는 약점이다. 또한 신분 고하와도 별개이다.

어리석은 어른이나 우매한 큰 인물도 수없이 본다.

'유치幼稚하다' 는 약하고 어리다는 뜻도 있지만, 사람의 생각이나 행위 또는 그 결과가 격에 맞지 않을 만큼 수준이 낮아 얕보이는 걸 의미한다.

우리는 모두 미숙하고 어리석다.

어리석음을 받아들이고 미숙을 알고 있으면 그나마 덜 착각한다.

나이가 많아도 깨여있기가 어렵다.

깨달을 오悟는 마음 심忄에 나 오吾를 합친 문자로, 자신을 바르게 인식한다는 데서 '깨닫다' 의 뜻이다.

자신을 바르게 인식할 때 깨어있는 상태이다.

어리석을 때, 대부분 자신을 너무 실제 이상으로 우월하거나 대단하다고 착각한다.

요즘 '근자감(근거 없는 자신감)' 이라고 불리는 우월감은, 자신에게 취해 근거 없는 자신감을 격하게 드러내는 미숙한 심리다.

미숙한 것을 알면 익기 시작하는 시기이다.

벼도 익을수록 머리를 숙이고 익지 않은 잡초가 꼿꼿하다.

반대로 가끔은 자신을 실제 이상으로 작게 보고 하찮게 보고 우울해하기도 하는데, 그것은 자격지심自激之心, 자신 스스로 자신을 치는 마음이다.

열등감에 휘둘리는 상태이다.

우월감과 열등감을 다스릴 때, 실제 모습의 자신을 볼 수 있고 익은 사람이 되는 것이다.

03 | 리더의 덕목

　　리더는 대중을 이끄는 인물로 대중인 일반인보다 많이 알고
앞서 있어야 한다.

과거에는 지배계층의 힘, 채찍, 돈에 의해 대중과 아랫사람들이 통
제되었지만, 오늘날의 대중들과 아랫사람들은 지배계층 못지않게
세상을 알고 오히려 의식이 더 깨어 있어 통솔이 어렵다.

리더는 덕德, 법法, 술術 세 가지를 갖추어야 사람을 다스릴 수 있다
고 했다.

진실한 마음을 행하는 것이 덕德이다.

물처럼 공평하여 악을 제거하고 시대 상황에 따라 물 흐르듯 행해져
야 한다는 의미가 법法(물 수氵에 갈 거去를 합친 것)이다.

'사람이 살아가는 방법에 기술을 꾀하다.' 라는 뜻이 술術(다닐 행行과
삽주 뿌리 출朮을 합친 것)이다.

동물을 통제하는 데에는 당근(먹이)과 채찍이면 된다.

그러나 사람은 당근과 채찍만으로는 안 되고, 통솔하는 리더에게 덕
德, 지智, 용勇이 겸비되어야 대중이 따른다.

직책이라는 감투와는 별개다.

리더가 올바른 방향으로 인도하는 것은 물론이고 사람들을 존중하고 인간 대우를 해 주어야 따른다.

아랫자리에 있다고 아랫사람이 아니다.

높은 자리의 사람이 높아 보이는 것은, 높은 자리를 밟고 서 있기 때문이다.

마치 산 위의 풀이 산 아래의 나무보다 높은 것처럼 말이다.

아래 위치의 사람이 위의 위치에 있는 리더보다 경지가 더 높은 경우도 상당히 많다.

자리가 높은 것은 사람이 높은 것이 아니라 밟고 선 자리가 높기 때문이지, 자리가 높고 낮음의 귀천이 있는 게 아니다.

반드시 덕이 있고 능력 있는 귀한 사람으로서 그 자리에 맞는 리더가 되어야 통한다.

아랫사람들이 복종하지 않고 반발하고 저항하는 이유는, 윗사람의 덕과 능력이 부족하기 때문이다.

비천한 사람이 리더가 되면 아랫사람들이 저항하고 통하지도 않는다.

물론 아래 위치의 사람들이 모반을 꾀하기도 하지만 모반을 하는 것도 상대를 봐가면서 한다.

허점이 많은 사람이 리더가 되면 그렇다.

아무리 의자가 높고 황제 같은 권력을 휘둘러도 의자에서 끌어내릴 수도 있고 황포도 벗길 수 있다.

높은 자리는 호랑이 등에 올라탄 형국이라 마음대로 내려올 수도 없는 위태한 자리다.

위태로울 태危는 재앙 액厄(절벽 아래로 사람이 굴러 떨어진 모습을 그린 것) 과 사람 인人이 합쳐진 문자다.

덕과 능력을 갖추지 않고 리더가 되면 겉보기는 멋져보여도 위태로 워 바닥으로 추락할 수 있다.

리더가 부덕해도 안 따르고 리더가 무능해도 안 따른다.

이륙은 많이들 하지만 안전한 착륙은 드물다.

지혜와 덕을 갖추고 나갈 때와 물러날 때를 알고 사람 보는 안목을 가졌으면 안전한 착륙이 가능하다.

그리고 보면, 리더도 아무나 되는 자리가 아니며 까다로운 자격을 갖추어야 좋은 리더가 탄생한다.

자질이 되지 않는데 리더라는 자리에 가면, 자신을 위태롭게 만들며 아랫사람도 괴롭고 위태로워진다.

자리가 맞지 않고 자질이 안 되면 아무리 높고 좋은 자리라도 가지 않는 게 상책이다.

덕과 능력 중 하나만 부족해도 위태로워, 높고 귀한 자리라도 흔들의자와 같다.

아래 위치의 사람이 위의 위치에 있는 리더보다 더 똑똑하고 경륜이 풍부한 경우도 많고, 크고 좋은 자리만 차지한 리더를 능가하는 숨은 강자 또한 재야에는 많다.

영재英才이면서 웅재雄才의 담력과 기백이 있어야 진정한 영웅이다.

꽃부리 영英은 풀 초艹에 가운데 앙央을 합친 문자로, 꽃의 중심부인 꽃부리가 아름답게 빛난다는 데에서 영웅의 뜻이다.

수컷 웅雄은 팔꿈치 굉厷에 새 추隹가 합친 모습으로, 원래는 새 중에서 날개살의 힘이 센 것은 수컷이란 뜻이었으나 모든 수컷을 호칭하게 되었다.

영특하기만 하고 기백이 없으면 웅재가 존중하지 않고, 기백만 있고 영특하지 못하면 영재가 따르지 못한다.

웅재는 웅재를 알아보고 얻기 쉬우며 영재는 영재를 알아보고 얻기 쉽다지만, 웅재가 영재를 영재가 웅재를 두기는 어렵다.

그러나 조직에는 반드시 재주(타고난 능력과 슬기)나 재능才能(타고난 능력에 더하여 거듭된 훈련으로 획득된 기량)이 뛰어난 영재와 웅재가 모여야 대업을 이룬다.

재才는 땅 속에 있는 종자가 뿌리를 내리고 땅위로 싹이 돋아나는 모양을 본뜬 것이다.

새싹과 같이 지금은 미약하지만 장차 클 능력이 있다는 데에서 재주
란 말이 유래하였다.

04 | 과잉 사랑은 독이다

모자 관冠은 덮을 멱冖과 으뜸 원元에 마디 촌寸이 합쳐진 문자로, 머리에 모자를 씌우는 모습을 표현한 의미다.

주나라 때에는, 사대부 집안의 남자는 나이 20세가 되면 아버지가 직접 머리에 관을 씌워주는 관례冠禮를 반드시 치러주었다고 한다.

이는 더 이상 어린아이가 아니라 성인임을 나타내는 의식이었다.

그래서 약관弱冠이란 말도 나왔는데 나이 20세를 가리키는 말이다.

약관은 젊은 나이로, 아직은 약한 단계 또는 이제 갓 어른의 모자를 쓴 사람이라는 의미다.

현재의 20세는 대학에 갓 입학한 나이로 사회 경험이 전혀 없고 학교나 학원에서 지식만 쌓는 단계다.

그러다 보니 20살이면 성인이지만 그런 관례 의식을 치러주지 않아서인지 자신이 더는 어린아이가 아니라는 걸 감지하기도 어렵다.

더러는 정서적으로 또는 정신 연령이 낮아져 실제로는 30대나 40대에 접어들어서도, 자신의 나이를 실감하지 못하는 경우도 꽤 많다.

계절에 봄, 여름, 가을, 겨울이 있듯 인생도 철이 있다.

그러나 우리는 부모 옆에서 자식으로만 있는 것이 익숙해서, 철이 들지 못하고 살아간다.

특히 동양에서는 부모도 자식을 어린아이로만 보고 자식도 아직 자신이 어린아이인줄 생각하는 경향이 있다.

자식에게 과도한 사랑이 오히려 귀한 자식에게 독이 된다.

독毒은 풀 초艸와 어미 모母가 결합한 것으로, 아이에게 젖을 물려야 하는 산모가 '먹으면 안 되는 풀(艸)' 이라는 뜻이다.

자식들은 부모세대보다 훨씬 똑똑하고 영리하여 때때로 내 자식이 천재로 보이기도 한다.

그런 똑똑한 내 자식을 출세시키고자 열성이다.

하루 일과를 빽빽하게 관리해 주는 엄마가 많아, 유치원부터 시작하여 초등학교, 중학교, 고등학교, 대학교, 군대, 직장, 결혼까지 부모가 다 챙겨주다 보니 쭉 관리가 이어지기 일쑤다.

관리 대행의 결과 확실히 성적도 입시도 취업도 목표 달성에는 유리하다.

그런데 성인이 된 자식이 주체적으로 주도권을 갖고 삶을 헤쳐 나가는 개척정신은 약하게 된다.

자식의 모든 것을 대행해 주면 나이가 들어도 독립된 사고는 어렵다.

부모의 과도한 사랑이 홀로서기, 자립에 지장이 된다. 어른이 되어도 늙은 부모에게 의존하려는 심리가 은근히 생기는 원인이다.

지금의 노인 세대는 10대 때부터 일찍 철이 들어 책임감이 강하고 정신적, 경제적으로 자립을 하고 결혼도 빨리 하였다.

대부분이 나이 20이면 한 가정을 꾸려 부모가 되는 게 일반적이었다.

자식이 나이 먹어 가면 어른이 되고 부모는 나이 먹어 가면 늙어진다.

어릴 때의 자식은 부모가 돌봐주지만 늙어서는 자식이 부모를 돌봐주는 게 자연스러웠다.

효孝는 늙을 로老의 획을 줄인 로耂와 아들 자子를 합친 문자로, 자식이 늙은이를 받든다는 뜻에서 '효' 라는 어원이 생겼다.

물리적으로 정서적으로 홀로 일어서는 연습을 해야, 어른으로 성장할 수 있고 자신 혼자라도 책임질 수 있는 성숙한 인간으로 바꾸어질 수 있다.

부모에게 의존만 하여 학업, 직업, 결혼, 집, 손자까지 챙겨주는 부모는 자식을 정신적 어린 아이로 키우는 격이다.

요즘 자신을 흙수저라면서, 의욕을 상실하고 금수저를 부러워하는 청년들이 꽤 있다.

부모에 따라 삶이 달라지는 불공정과 불공평 그리고 상대적 박탈감을 느끼기 때문이다.

그러나 금수저로 태어나 나라를 떠들썩하게 만들고 국민의 지탄을 받는 부모와 그 자식들을 보았듯이, 흙수저라며 우울하고 분노할 것 없다.

금수저 물고 태어났지만 자립이 안 되어 영원히 누워 있는 아기나 다름없다면 오히려 흙수저보다 못하다.

쉬운 길은 훗날 가장 어려운 길이 되고, 어려운 길은 훗날 쉬운 길이 된다. 부모는 부모의 삶이 있고 자식은 스스로가 개척하여 자립하는 게 멋지다.

뜨거운 물은 나무를 죽이지만 차가운 물은 나무를 키운다.

자식도 뜨거운 물로 키우면 시들고 병든다.

학업을 마치면 경제적으로 자립하고 정신적으로 독립된 생활을 하며 혼자 힘으로 결혼하고 스스로 작은 집부터 마련하는 것이, 진정 성숙한 어른으로 성장하는 과정이다.

과잉 사랑으로 자식을 영원한 아기로 키운 것은 결국 과잉 사랑이 독으로 작용한 결과물이다.

때로는 멈추는 게 사랑이다.

05 | 수치를 모르는 사람은 무섭다

우리는 태어나면서부터 일생동안 두려움 속에서 사는 경우
가 많다.

모르면 무지 상태라 두려움을 모르지만, 알고 나면 하나씩 두려움이
많아진다.

살아가면서 늘 첫 경험의 연속이다 보니 삶의 마지막 순간까지 초보
이고 서툴 수밖에 없다.

미래를 모르기에 늘 긴장되고 두렵기만 하다.

그렇다고 앞의 호랑이가 두렵고 뒤의 늑대가 두려워 꼼짝도 못한다
면 두려움에 지는 것이다

어릴 때에는 막연하게 귀신이 두렵지만, 철들면 사람이 두렵고 나이
들면 세월이 두렵고 노년에는 외로움이 두려워진다고 한다.

매시기마다 두려움의 대상이 달라질 뿐이다.

부끄러운 짓을 하지 않았거나 죄를 짓지 않으면 귀신이 와서 문을
두드려도 두려울 것이 없다.

살아가면서 마음속에 부끄러운 행동을 하지 않는 사람은 없다.

뒤돌아보면 미숙하고 어리석어 부끄러운 행동을 했던 적이 있고 후

회하기 마련이다.

부끄러울 치恥는 귀 이耳와 마음 심心이 합쳐진 문자이며, 사람이 부끄러움을 느끼게 되면 얼굴이나 귀가 빨갛게 달아오르게 되는 것을 형상화한 것이다.

자아의식이 강할수록 자신에 대한 의식이 강하다. 자존심이 강할수록 타인의 시선에 민감하게 반응하고 예민해진다.

자아의식이 팽창하게 되면 자신이 점점 대단한 존재로 느끼게 되고, 젊은 혈기에 자아도취 되면 어리석은 행동을 하게 된다.

훗날 뒤돌아보면 부끄럽기 그지없지만 성장과정에서의 피할 수 없는 단계이기도 하다.

실수도 하고 부끄러움을 알아 고쳐가면서 성숙의 단계로 간다.

언제나 오늘이 어제보다 똑똑하고 어제는 오늘보다 젊고 미숙하다.

지난 일에 얽매여 지나치게 죄책감을 느끼고 부끄러워 자책할 것도 없다.

실수는 딛고 또 한 걸음 성숙해가는 과정이다.

그러나 정작 무서운 것은 부끄러운 행동을 하고도 부끄러워하지 않는 것에 있다.

성장 과정에서 미숙하고 어리석은 행동 부끄러운 말과 행동을 하지 않는 사람은 아무도 없다.

익을 숙熟은 누구 숙孰과 불 화火가 결합한 모습으로, 사당에서 익힌 제물을 바쳐 올린다는 뜻에서 '익다', '여물다', '무르익다' 라는 의미를 가지게 되었다.

누구나 뒤돌아보면 '그때 내가 왜 그랬을까, 왜 그때 그런 말을 했을까' 하며 후회하는 경우가 많다.

문제는 부끄러운 행동인지 모르거나 또는 알고도 뻔뻔한 경우다.

TV나 언론 매체에 자주 이름이 오르는 사회지도층에서 부끄러운 행동이 더 빈번하다.

일반인들은 아주 작은 실수도 부끄러워하고 더 나아가 괴로워하거나 후회하며 자책한다.

더러 부끄러운 행동을 하고도 당당하고 뻔뻔한 일반인들도 있지만, 지도층에서는 훨씬 정도가 심하다.

나쁜 사람이나 비정상적인 사람은 큰 실수나 나쁜 행동도 부끄러워하지 않는다.

누구든지 사람의 인성을 볼 때는 부끄러움을 아는지 잘 살펴 볼 필요가 있다.

부끄러움을 모른다는 것은 신뢰도가 떨어진다는 증표다.

그래서 수치를 모르는 사람이 두렵다.

'상' 등급의 사람일수록 작은 실수도 부끄러워하고 '하' 등급의 사람일수록 뻔뻔하여 부끄러움을 모른다.

수치를 모르기에, 정상인이 할 수 없는 행동을 대담하게 할 수 있고

어떤 짓을 할지 예측 불가능하기에 신뢰도가 낮다.

06 | 약자에게도 한 방 있다

부러워하며 바라는 걸 선망羨望이라고 한다. 바랄 망望자는 망할 망亡과 달 월月 그리고 천간 임壬이 결합한 문자로 '바라다', '기대하다' 라는 뜻이다.

양고기를 먹는 사람들을 쳐다보며 못 먹는 사람들은 냄새를 맡고 침을 흘리며 부러워하였으며, 그래서 부러워할 선羨이 생겼다고 한다.

고대에는 굽거나 삶은 양고기가 매우 귀한 음식이었다.

고사성어 '각자위정各自爲政'에는 양고기에 얽힌 사연이 있다.

전투를 치르기 전날, 출전할 병사들과 함께 대장군은 양고기 회식을 하게 되었다.

그는 자신의 전차를 모는 마부는 직접 전투에 참가하지 않는다며 양고기를 배분하지 않았다.

양고기를 한 점도 얻어먹지 못한 마부는 앙심을 품고 있다가, 전투가 벌어지자 전차를 적진의 한복판으로 몰고 들어가 대장군이 사로잡히게 만들었다.

혼자 있으면 부러워하는 심리는 존재하지 않는다.

무리 속에 있으면서 혼자만 배제되었을 때, 자존심은 엄청난 상처를 받는다.

부러움의 대상은 관계의 거리와 연관 있다.

가까운 거리거나 가까운 관계이거나 자신의 반경 안에 있는 사람들을 보고 부러워하게 된다.

강자는 아랫사람을 배려하기 어렵고 자칫 무시하기 쉽다.

대부분의 강자는 약자에게는 힘이 하나도 없는 것으로 여기지만, 강자에게 강자다운 힘이 있지만 약자에게는 약자로서의 숨겨진 비장의 한 수가 있는 법이다.

약자에게도 마음먹기에 따라 방어와 생존에 필요한 나름의 방법이 있다는 걸 소홀히 생각하면, 강자일지라도 한 방 당하는 경우도 생긴다.

겸손할 겸謙은 말씀 언글과 겸할 겸兼이 결합한 모습으로, 말에 인격과 소양이 두루 갖추어져 있다' 라는 의미에서 '겸손하다' 라는 뜻이 되었다.

겸손할 손遜은 손자 손孫을 한자 부수인 쉬엄쉬엄 갈 착辶에 붙인 자로, '사양하다' 는 뜻을 가졌다.

그래서 일반인에게는 대체적으로 아무리 낮추어도 겸손이라는 용어가 따라 붙지 않는다.

겸손은 일반적으로 큰 사람 높은 사람들이 자신을 낮추는 모습을 가리킨다.

인물일수록 겸손해야 사람들에게 존중받고 사랑받는다.

약자나 아랫사람을 배려할 때 사람들이 따르고 충성한다.

자신의 자리로 내세우고 나이로 가르치려 하고 신분으로 훈계하려 하면, 위엄과 존중이 따르지 않는다.

큰 자리나 높은 자리를 보고 겉으로는 굴복하는 척하지만, 속마음은 그 반대인 경우도 많다.

큰 사람이더라도 안하무인이고 오만하면 사람들은 따르지 않고 그를 멀리하며 그 정도가 심하면 등을 돌리고 공격한다.

리더를 따르는 것은 인격과 능력이 있기 때문이다.

리더는 따뜻한 마음과 배려 그리고 차가운 두뇌로 목표를 달성하는 능력을 겸해야 사람들이 따르고 충성한다.

능력이 뛰어나더라도 차가운 두뇌만 있고 약자와 아랫사람을 무시하면, 울타리 안에서 외부의 적보다 더 무서운 내부의 적을 키우는 셈이다.

일반적으로 외부의 적은 방비가 가능하지만 내부의 적은 숨어 있어 방비하기 어렵고 위력도 매우 커서 위험하다. 더욱이 누가 적인지 예측도 쉽지 않다.

사랑만 있고 능력이 없으면 처음은 따르지만 점차 마음을 닫고 마음이 떠나간다.

진정한 리더는 머리로 이끌면서도 아랫사람을 사랑하여 마음을 얻는다.

마음을 주어야 아랫사람이 진정한 내 사람이 된다.

가는 마음이 없으면 오는 마음도 없고 무시하면 장차 무시당한 것보다 더한 위력으로 반드시 앙갚음 하게 만든다.

그래서 높은 지위에 있는 사람일수록 운전기사를 가족처럼 대하기도 한다.

빛나는 오늘의 스타나 강자도 어제는 무명이었거나 약자였다.

약할 약翱은 새끼 새의 두 날개가 나란히 펼쳐지는 모습을 형상화한 문자로, '어린 새의 날개는 약하다.' 의 뜻이다.

오늘의 약자는 내일의 강자가 될 수 있다.

큰 사람, 높은 사람, 가진 사람은 몸을 낮추어야 겸손이고 미덕이 되며 안전하다. 상대를 공경하고 자신은 낮출 줄 아는 겸손함을 보이는 사람은, 어쩌다가 실수를 하더라도 용서를 하게 마련이다.

진정 잘난 사람이나 강자는 약자를 배려할 줄 알고 포용한다.

07 | 교육이란?

요즘 사람들은 지식이 넘치는 시대에 산다.

초등학교부터 고등학교까지 기본 12년 배우고 대학 4년과 대학원까지 합치면 20년 가까이 학교에서 배움의 길을 걷는다.

수학, 영어, 제2외국어, 기타 과목도 넘치는데, 학교를 나와서도 각종 자격증이며 IT관련 지식부터 기타 업무적인 기술을 또 다시 넘치게 배운다.

그렇지 못하면 취직을 못하고 입사하더라도 일을 할 수가 없다.

교육에 관한 한자의 어원을 더듬어 보면, 바르게 가르치고 재빠르게 대처하게 하는 데에는 모두 '칠 복攵' 이 들어가 있다.

그만큼 교육은 엄격함이 필요 된다는 의미다.

가르칠 교教는 '배우다' 라는 뜻을 가진 효爻와 아들 자子와 칠 복攵이 결합한 모습으로, '아이가(子) 공부를(爻) 하도록 하다(攵)' 라는 뜻이다.

정사 정政은 바를 정正에 칠 복攵을 합친 자로, 바르지 못한 자를 쳐서 바르게 만든다는 뜻이다.

아무튼 지식에 대한 교육은 넘치게 가르치고 전수받아야 사회 진출이란 높다란 관문을 넘을 수 있다.

그러나 인간이 되게 가르치는 교육은 별로 없다.

경쟁사회에서는 무조건 빨리 그리고 어떻게든 이겨야만 하기 때문이다.

오늘의 무한 경쟁사회에는 보이지 않는 정글이다.

정글의 생존법은 이겨야만 한다.

이길 승勝은 나 짐朕(노를 저어 배를 움직이는 모습을 그린 것)과 힘 력力이 합쳐진 문자로, 천자가 힘을 발휘하여 싸움에서 이긴다는 뜻이다.

이룰 성成자는 반달 모양의 날이 달린 창을 그린 창 모戊와 못 정丁이 결합한 모습으로, 적을 굴복시켜 일을 마무리 짓는다는 의미다.

그러다보니 모든 가르침은 이기기 위한 가르침이 대부분이고, 인간이 되는 가르침은 찾아보기 어렵게 되었다.

가정, 학교, 사회에서는 인간이 되게 하는 가르침이 빠져 철학이 없는 로봇인간형 또는 병기인간형을 만들기 쉽다.

싸움에서는 이길지 모르지만 인간이 되지 못한다면, 결국 이기지 못한 것이 된다.

민첩할 민敏은 늙은 사람 즉 부모나 스승 또는 선배가 젊은 사람을 강하게 가르치고, 우매한 사람을 호되게 가르쳐 민첩하게 만든다는 의미다.

가르침에 있어 옛날에는 너무 엄격하여 호되게 매질을 하였고, 근래

에도 학교 공부며 인간되게 가르치는 데에는 역시 엄격하여 문제가
되었던 시대도 있었다.

오늘날은 엄격이 빠져 버렸다.

엄격은 사라지고 지나치게 민주적으로 풀어두면 역시 자제하기는
어렵다.

인간의 본성은 자유로움과 게으름을 좋아하며 욕심과 이기심이 자
리하여 통제가 없으면 자제하기 어렵다.

인간되게 가르치는 데는 인문학 가르침이 가장 효과적이다.

인간과 세상사를 연구하는 인문학은 돈을 벌게 하는 구실은 못하지
만, 사람, 마음, 관계, 소통, 교육, 돈, 경영 등 우리들 삶 전반에 대
한 원리와 이치를 말해 준다.

인문人文에 관한 소양을 갖추지 못하고 덕은 없는데 능력만 뛰어나
면, 로봇인간형이거나 또는 인간병기에 가깝다.

우매한 인간을 민첩하고 총명하게 가르치는 데는 역시 칠 복　이 있
었다.

회초리로 매를 치는 것은 물리적으로 치는 것이지만, 엄격히 가르치
는 데는 정신적인 훈육도 있다.

재주만 있고 인문학적 소양과 덕이 없으면 소인형 인간으로 만들기
쉽다.

재주가 출중해 리더가 되었더라도 덕이 부족하고 철학이 빈곤하면, 사람들로부터 인정과 존중을 받지 못하고 따르는 척할 뿐 마음속으로 그는 이미 리더가 아니다.

인문학적 소양과 철학 그리고 덕과 재주가 겸해야 큰 인물로서 사람들이 따른다.

영웅호걸이 되려면 우선 덕을 갖추어야 한다.

호걸 걸傑은 사람인亻과 빼어날 걸桀을 합친 문자로, '사람 중에 인품이 빼어난 사람은 호걸이다.' 는 뜻이다.

호걸이 정치를 해야 나라가 바로 서고 강성해진다.

정사 정政은 바르지 못한 자를 매로 쳐서 바르게 만든다는 뜻으로 당연히 좋은 의도다.

그러나 바르기만 강조하거나 덕과 선만 있어서도 안 된다.

옳고 그름을 무조건 따지기보다 결과가 좋은 것이 좋은 것이다.

옳고 그름의 시비를 지나치게 따지다 보면, 자칫 잣대로 모든 것을 재는 쪽으로 기울기 쉽다.

한 쪽을 치면 다른 쪽으로 기우는 현상이 생긴다.

우右로 기운 것을 치면 좌左로 기울기도 하고 좌左로 기운 것을 치면 우右로 기울기도 한다.

우右로 기울든 좌左로 기울든 기운 것은 마찬가지이다.

모두 바르지 못한 것이다.

바르게 하려면 균형을 잡아야 한다.

덕德도 있고 략略도 있어야 하며 술術 또한 빠질 수 없다.

간략할 략略은 밭 전田에 각각 각畧을 합친 문자로, 밭에서 생산되는
수확량을 제각기 대략으로 정한 데서 계획 또는 계략을 뜻한다.

재주 술術은 다닐 행行과 삽주 뿌리 출朮을 합친 모습으로, 삽주 뿌리
가 약용으로 쓰이듯 사람이 살아가며 기술 또는 꾀가 있어야 한다는
의미다.

승부의 세계에는 덕만 강조할 수 없으며 어쩌면 략과 술이 더욱 중
요하게 작용한다고 할 수 있다.

이기고 나서 덕을 갖춘다.

지혜가 있어 전략과 전술을 내놓을 수 있으며 덕德도 겸비하고 인仁
까지 두루 갖추어야 진정 우수한 인물이다.

이런 인물을 키우는 것이 진정한 교육이다.

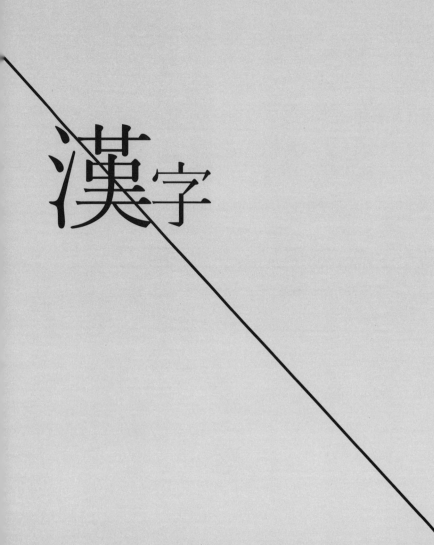

PART

07

몽/夢

혼자 있는 시간이
사람을 키운다. 훌륭한 예술가는
혼자 있는 시간에 공부하고 연습하여
우뚝 선 인물이 되었다.

01 | 홀로 있다고 외로운 게 아니다

홀로 독獨은 큰 개 견 'ㅋ'에 나라 촉蜀을 합친 문자로, 촉나라의 개는 서로 잘 싸우므로 홀로 한 마리씩 키워야 한다는 뜻이라고 한다.

많은 무리가 함께 움직이는 아프리카 초원의 누우나 가젤 등은, 집단으로 서식하여 어느 한두 마리가 맹수에게 잡아먹히더라도 군락 전체가 위험에 빠지는 일은 없다고 한다.

인간도 무리나 집단 속에 있어 함께 있으면 홀로 있을 때보다 외부의 적을 막는 데 강하다.

힘을 합치면 큰일을 할 수 있고 서로 도우면 홀로 움직이는 것보다 유리해진다.

나뭇가지 한 개를 부러뜨리기는 아주 쉽지만 한 묶음을 부러뜨리기는 매우 어렵다.

홀로 있는 사람은 외로워 보이고 특히 홀로 앉아 있거나 밭에서 혼자 일하거나 혼자서 걷는 노인의 뒷모습을 보면 왠지 쓸쓸해 보인다.

혼자가 아니라 둘이 있을 때가 정겨워 보이고 단체로 있을 때 흥성흥성하고 화목해 보인다.

그러나 보이는 것만이 전부는 아니다.

무리 속에서는 함께 뭉쳐서 생긴 강한 힘이 있지만 모순도 생기고 홀로 있으면 자유롭지만 약한 면도 생기게 된다.

사랑하는 사람과 못 만나는 것과 증오하는 사람과 같이 있는 것 중에 후자의 경우가 훨씬 더 고통스럽다고 한다.

악할 악惡은 버금 아亞(또는 사면이 요새처럼 지어진 집을 그린 것)와 마음 심心이 합쳐진 모습으로, '갇혀있는 마음' 이라는 의미에서 '악하다' 를 뜻한다.

맞지 않는 사람과는 같이 할수록 상처투성이가 된다.

혼자 있다고 반드시 외로운 것도 아니다.

어떤 사람은 같이 있을 때 즐겁고 어떤 사람은 혼자 있어도 즐겁다.

사람마다 성격과 성향에 따라 다르고 문화에 따라 다르다.

이미지는 그냥 이미지일 뿐이다.

만남과 이별도 빠르게 전개된다.

친구도 이웃도 금방 만들어지지만 금방 흩어지기도 한다.

생활리듬이 빨라지면서 관계도 다이어트 된다.

모든 게 빠르게 순환되기에 늘 새로운 것들과 마주치며, 지나가는 수많은 사람들도 군중들 속에 있어도 외로울 수 있고 홀로 있어도 충만할 수 있다.

집단 속에서 웃고 있어도, 자신의 자리가 아니고 자신과 맞지 않는 사람들 속이라면 불편하고 소외감을 느껴 답답할 때가 많다.

모일 집集은 새 추隹에 나무 목木을 합친 문자로, 나무 위에 새가 떼를 지어 앉아 있는 것은 본을 뜬 것이다.

마지못해 많은 무리들 속에 있을 때에는 군중 속의 외로움이 된다.

가족이 모인 자리도 때로는 즐겁고 반갑기만 한 건 아니며, 화려하게 차려 입고 모임이나 파티에 가더라도 불편하고 외로울 수 있다.

두 사람만 있어도, 자신의 본래 모습 또는 내 취향과 욕구를 뒤로 하고 오로지 상대에 나를 맞추어야 하는 어려움이 생긴다.

대가족이나 종가 집의 제례나 모임에 가는 횟수가 많아질수록, 자리에 맞추어야 하고 어른들의 말씀에 따라야 하고 분위기에 신경 쓰지 않을 수 없다.

마주해야 되는 그 많은 상대에 신경을 곤두세우고 참고 또 참으면 착한 사람이 되고 칭찬도 받지만, 지나치게 오래 참으면 언젠가는 한계가 와 부딪치기도 하고 부담이 되기도 한다.

그런 집단과 무리에 끼어 교류하며 모르는 걸 배우기도 하고 즐거워하는 부분도 있지만, 공유할 것이 없거나 의식과 생각 또는 성격과 취향이 너무 다르면 이야기가 달라진다.

무리 방幇은 북돋을 봉封과 수건 포巾를 합친 모습으로, 비단을 선물로 주며 북돋워 준다는 뜻이다.

무리의 힘은 무시할 수 없다.

일을 도모하는 데에는 무리 없이는 성취가 어렵다.

때에 따라 무리를 짓고 때에 따라 홀로 있는 시간도 필요 하다.

혼자 있으면 쓸쓸하고 외롭고 우울하고 고독하다고 생각하며, 낙동강 오리알 신세라며 스스로를 한탄하기도 하고 홀로 있는 사람을 보면 외로워 보이고 처량하다고 느낀다.

홀로 있는 것을 부정적으로 보는 경향도 있다.

그러나 홀로 있는 시간은 진정한 휴식 시간이다.

혼자 있으면서 오로지 자신과 그리고 자신의 영혼과 마주하여 자유를 만끽하고 자유로운 영혼이 되어 영혼을 살찌울 수도 있다.

꿈이 있는 사람은 혼자 있는 시간이 많다.

혼자 있는 시간이 사람을 키운다.

훌륭한 예술가는 혼자 있는 시간에 공부하고 연습하여 우뚝 선 인물이 되었다.

혼자 보낸 시간의 결과물이다.

모든 분야 최고의 엘리트들은 혼자 보낸 시간의 열매로 그 분야에서 최강이 되었다.

각 분야의 대가는 모두 홀로 있는 시간이 긴 사람들이고 홀로 있는 걸 즐길 줄 알며 홀로 연마한 경우가 많다.

02 | 남을 속이는 것은 자신을 속이는 것이다

거짓말을 하는 사람들에게는 두 가지 부류가 있다. 자신의
자존심을 지키기 위해 하얀 거짓말을 하는 부류와, 이익을 챙기려고
빨간 거짓말을 하는 부류가 있다.

나쁜 사람만 거짓말 하는 게 아니라, 정도의 차이가 있을 뿐 작은 사
람은 작은 대로 작은 거짓말을 하는 경우도 많다.

착한 사람은 거짓말 하지 않는다는 건 편견이다.

속일 사詐는 말씀 언言과 잠깐 사乍가 결합한 문자로 '말을 짓다',
'말을 지어내다' 는 뜻인데, 누군가를 속이기 위해 말을 지어낸다는
의미다.

속일 기欺는 터기基에 하품 흠欠을 합친 글자로, 묶은 껍질을 벗겨버
리듯 실속 없는 말을 뱉어낸다는 말에서 생긴 뜻이다.

사기를 치는 것은 이익 때문이다.

마음이 한 가지에 꽂히고 절제가 되지 않고 욕심에 사로잡히면 보이
는 것이 없다.

욕심의 노예가 된 심리상태다.

도둑질이나 도박도 모두 지나치게 욕심에 빠져 정신은 나가고 욕심

만 남아 어리석은 행동을 하는 것이다.

작은 속임이 습관이 되면, 자신도 모르게 속임이 일상이 되고 속임이 순간은 영악한 것 같지만 결국 자신의 인생이 속는 것이다.

사회적으로 높은 지위에 오른 사람들이나 유명인도 예외가 아니다.

최고의 거짓말은 높은 자리나 큰 사람들이 하는 경우가 더 많다.

속일 만瞞은 눈 목目과 평평할 만㒼을 합친 문자로, 눈을 똑바로 뜨지 않고 평평하게 뜨는 것은 남을 속이려는 것이나 부끄러워하는 눈빛이란 뜻이다.

실제로 남을 속이는 사람은, 눈을 똑바로 뜨고 보는 걸 피하는 경향이 많다.

작은 사기는 금방 들통 나고 큰 사기는 시간이 한참 지나야 드러난다.

세상에는 비밀이 없다.

비밀이 밝혀지기까지 시간이 이른지 늦는지 차이만 있을 뿐이다.

순진한 바보도 일이 끝나고 나서 속은 것을 안다.

아무리 완벽한 거짓이나 사기도 시간 앞에서는 그 진실이 드러난다.

속는 것도 바보지만 속이는 자가 큰 바보다.

속이는 자는 삶 자체가 거짓이 되고 가짜 인생으로 사는 것이니, 결국 남을 잠깐 속인 자신이 가장 크게 속는 것이다.

사기도 대중은 소소한 사기를 치지만, 거물은 사기를 치는 급이 다르다.

이익을 위해 상대에게 피해를 주는 거짓말을 새빨간 거짓말이라고 하지만, 자신의 자존심 때문에 쓸데없는 거짓말은 하얀 거짓말이 된다.

허영심과 허세 때문에 순간 허풍을 떨기도 한다.

빌 허虛는 범 호虎와 언덕 구丘가 합쳐진 문자로, 드넓은 언덕에 호랑이가 나타나자 모두 사라졌다는 의미에서 '비다'나 '없다'라는 뜻이다.

하얀 거짓말은 자신도 타인도 헤치지는 않지만 허영과 허풍 그리고 허세로 실속이 없는 걸 드러내게 된다.

자존심이 내려오기까지에는 수 년 또는 수 십 년이 걸리기도 하고 또는 평생토록 자존심을 내려놓지 못하는 사람들도 많다.

결국 자신의 자존심과 체면에 속는 격이나 마찬가지다.

사기를 당한 사람들 중에는, 억울하기 이를 데 없어 분노하며 화병에 걸리거나 사기꾼을 찾으러 다니거나 기필코 찾아내어 응징을 하는 등 다양하다.

굳이 그렇게 하지 않더라도 사기꾼의 말로는 실패로 끝난다.

사기꾼에게는 사기가 곧 직업이 되었기 때문이다.

처음부터 작심하고 사기 치는 길로 들어서는 사람은 극히 드물다.

장담하지 못할 일을 벌이거나 돈을 빌려 쓰고 갚지 못하게 되자 이리저리 돌려막다가 점점 일이 커져 어쩔 수 없으면, 마지막 수단으로 사기라는 함정에 빠져드는 경우가 많다.

오래도록 풀리지 않는 것은 어쩌면 잘못된 판단 그릇된 길에 들어선 것이다.

잘 풀리지 않는 상황이 자꾸 거짓말을 양산하게 만들지만, 남을 속이는 자는 결국 자신만 속는다.

사기를 당하는 사람이 손해보고 사기를 치는 자가 이익을 보는 것은 당장의 일이지만, 멀리 보면 사기 당한 사람은 경험에서 지혜를 얻고 성숙해지는 계기가 된다.

그 반면 사기를 친 자는 결국 훗날 돈도 신뢰도 다 잃는다.

사람이 신뢰를 잃으면 더 볼 것이 없다.

믿을 신은 사람 인亻에 말씀 언言을 합친 글자로, 사람이 하는 말에는 믿음이 있어야 한다는 뜻이다.

03 | 낙관도 비관도 아니다

　　　　우리 사회는 성공에 대해 노력을 중심에 두는 현상이 매우
짙다.

성공했으면 남다른 노력을 기울인 결과이고, 실패했으면 노력을 하
지 않은 탓으로 보는 경향이 심하다.

성공과 실패는 노력도 분명 중요한 요소로 작용하지만 절대적인 부
분을 차지하는 건 아니다.

타고난 자질과 재능이 절대적인 요소다.

재능이 없는데 노력만 하다가 성공의 노예가 될 수 있다.

힘쓸 노努는 여자 종을 부리는 모습을 그린 노奴와 힘 력力이 합쳐진
문자다.

어떤 일을 이루기 위해 어려움이나 괴로움을 이겨 내면서 애쓰거나
힘쓰는 것을 노력이라고 한다.

노력이란 말은 쉽지만 오랜 시간 노력만큼 뜻한 게 이루어지지 않으
면 지치고 좌절하기 쉽다.

힘은 힘대로 들고 몸이 지쳐서 열정이 식어지는 것은 물론이고 근심
이 많아지며 우울해진다.

노력하기 이전에 자신의 자질과 재능을 파악해야 하는 게 먼저다.

그래야 헛된 바람으로 시간과 에너지 낭비하지 않고 헤매는 것을 방지할 수 있고 맞는 방향을 선택할 수 있다.

자신의 성격, 개성, 좌뇌인지 우뇌인지, 자라난 환경, 가정 배경, 좋아하는 것, 싫어하는 것, 잘 하는 것, 못하는 것 등을 따져 보고 분석하는 것이 자신이 누구인지 찾아가는 과정이다.

능할 능能자는 신성함을 상징하는 곰을 그린 것으로, 머리가 크고 힘이 센 곰처럼 재주가 뛰어난 사람이 일도 충분히 잘한다는 뜻이며 이를 능력이라고 했다.

재능이 뛰어나고 노력하면 성취 확률이 높아진다.

종종 가장 좋아하는 욕망과 가장 잘할 수 있는 재능이나 능력을 혼동한다.

욕심이 작동하면, 객관적 자질이나 상황 분석 없이 장밋빛 꿈에 빠지기 쉽다.

자신이 어느 정도의 기량을 갖추었는지 계산하지 않고, 상대를 분석하지 않고 링 위에 오르는 운동선수는 없다.

일반적으로 긍정적이고 낙관적인 것을 좋아하고 부정적이거나 비관은 싫어한다.

긍정적인 사고가 분명히 좋지만, 때로는 현실은 그렇지 않음에도 주관적으로 행복하다는 착각이 드는 경우도 생긴다.

과한 긍정적 낙관은 착각을 불러 냉정하고 이성적인 객관적 시각으로 상황분석을 하지 못하게 만든다.

일의 결정 즉 출전은, 낙관적이거나 긍정이란 감정의 영역이 아니라 객관과 이성의 영역이어야 한다.

낙관도 비관도 아닌 깨인 이성과 객관성이 판단을 정확하게 만든다.

즐길 락樂은 상수리나무 력櫟에 누에꼬치가 붙어 있는 걸 본뜬 문자인데, 음악을 들으면 즐겁다는 뜻으로 변하였다.

슬플悲는 새의 양쪽 날개를 형상화한 아닐 비非와 마음 심心이 합친 것으로, '마음(心)이 영 아니다.'라는 슬픈 감정을 뜻한다.

바라는 마음이 어그러져 슬프다는 뜻이다.

'하면 된다.'가 아니라 되는 것을 해야 하는 이유다.

재능을 따져보지 않고 객관성은 무시하는 무한한 긍정은, 당장 보기에는 열정적이고 지치지 않고 달려가며 노력한다는 면에서 희망적이다.

그러나 자질이 있지만 미치지 못하거나 객관적인 형세가 아님에도 긍정의 힘만으로 에너지를 쏟아 부으면, 시간이 지날수록 헛일을 하는 셈이 되고 만다.

아닐 때에는 'NO'라고 자각할 수 있어야 긍정적 낙관에 속지 않는다.

비관은 마음에서부터 아니라고 슬퍼하니 시작하기도 전에 일을 어렵게 만들며 중도에 비관적인 생각이 자주 들면서 포기하려는 유혹에 흔들리게 한다.

비관이 자꾸 떠오르는 것은 불가능의 신호일 수도 있다.

마음자세에서부터 될 일도 힘이 빠지게 만드는 부정적 역할을 한다.

낙관은 나아가는 방향과 재능이 맞으면 신나게 공부나 일을 할 수 있게 하고 반드시 성과를 일구어내게 만든다.

그러나 지나친 낙관은 객관을 무시하고 아집으로 치달을 수 있다.

낙관도, 비관도 냉정한 이성을 가지고 정확한 방향으로 나아가야한다. 그리고 거기에 노력을 더하여 승부를 결정짓는 것이다.

04 | 맞는 꿈이 좋은 꿈

꿈이 너무 크면 십중팔구 이루어지지 않고 꿈이 없으면 의욕도 없지만 꿈이 좌절되면 화가 난다.

꿈이 지나치게 크고 능력이나 재주가 따라주지 않으면, 자신에게 맞지 않는 꿈으로 한이 맺히고 분개하면서 불행해진다.

분개 할 개慨는 마음 심忄과 이미 기旣를 합친 문자로, 이미 버리기로 결정된 일을 마음속으로 한탄하거나 분개한다는 뜻이다.

성낼 개愾는 마음 심忄에 기운氣를 합친 모습으로, 마음에 기운을 쓰니 분개한다는 뜻이다.

자신에게 맞는 꿈, 실현 가능한 꿈이어야 성취감, 행복감을 맛볼 수 있다.

꿈이 지나치게 크면 현실성이 없어 늘 불안하고 초조해지고 좌절의 연속을 맛보게 된다.

끓어오르고 침울한 마음 상태가 왔다 갔다 할 때 대단히 불안해지고 초조한 상태에 이른다.

참혹할 참慘은 궂은 일만 마음속에 스며드니 '슬프다, 참혹하다'의 뜻이다.

마음이 편하면 피부가 맑고 눈빛도 맑다. 마음이 밝으면 혈색도 맑다.

장수하는 노인들의 장수 비결도 하나 같이 마음을 편하게 하고 즐겁게 했다는 것이 빠지지 않는다.

마음을 다스리는 것은 행복과 직결된다.

분수에 맞지 않게 욕심이 많으면 마음이 무겁고 불만이 많고 기대를 채우지 못하기 때문에, 좌절감을 자주 맛봐 화가 나있을 수밖에 없다.

자신의 능력 안에서 열심히 일하고 만족을 알면 보람과 행복감을 맛볼 수 있다.

만족도 알고 부족도 알면 행복도 맛보고 발전도 있어서 더욱 좋다.

우리는 삶에서도 공식 같은 것을 추구한다.

꿈이 커야 하고 꿈이 남과 같아야 안심하고 남과 다르면 뒤처지고 못나 보이고 위축되어 불안해 하기 쉽다.

시대 유행에 따라야 모범처럼 여기지만, 각기 다르게 생긴 사람들이 똑 같은 삶을 추구하는 게 비정상이다.

다르게 생긴 사람들이 다르게 다양하게 사는 게 정상이다.

모두 명문대를 바라보고 대기업에 가거나 공무원이 되겠다는 데에서, 꿈과 현실은 멀어지고 어려움을 자초하고 괴로움을 만드는 것이다.

십이지간의 띠만 보더라도, 동물들에 따라 그 성격이 제각각 다르다.

십이지간은 12 가지 동물을 크게 분류했을 뿐이고 세부적으로 나누면 사람 숫자만큼 다른 동물 종류도 있다.

그만큼 우리는 각각 다르다.

곧게 쭉쭉 뻗은 크게 자란 나무는 집짓는 재목으로 쓰고, 굽고 휘어졌는데 색다르거나 예술성이 있는 귀한 나무는 관상수로 쓰인다.

제각기 다른 재능에 따라 쓰이면 충분히 좋은 삶이다.

인간의 약점은 소극, 수동, 공포, 안주다.

그런 약점을 뛰어넘지 않고는 어려운 장애물을 넘지 못한다.

어려움에 겁먹고 소극적이고 안주하면 어려움 속에 갇히고 만다.

위축된 마음이 어려운 처지를 벗어나지 못하게 붙잡는다.

생각 말자고 마음먹어도 안 되는 것이 감정이다.

슬플 비悲는 아니 非에 마음 심心을 위아래로 엮은 문자로, '바라는 바가 어그러져 슬프다.' 라는 뜻이다.

바란 것이 뜻대로 되지 않았을 때 마음이 슬프다.

그래서 여기저기 소원성취를 빌어보지만 그 간절한 소원을 성취하는 사람은 영원히 소수일 뿐이다.

하느님도 부처님도 모든 사람의 소원을 들어 줄 수 없다.

종교의식은 마음을 다스리는 작용을 하지 복을 빈다고 복이 들어오는 것은 아니다.

너무 많은 사람들이 매달리니 하나님, 부처님, 신도 한계가 있을 수밖에 없다.

나머지는 바람이 이루어지지 않아 슬플 수밖에 없다.

굳이 여기저기 다니며 빌지 않고도 본인의 그릇만큼 뜻을 세우고 노력하면 소원은 성취된다.

자신에게 맞는 꿈이고 작지만 확실한 성공(소확성小確成)은 누구나 이룰 수 있다.

현실성이 뒷받침 되지 않는 소원은 헛바람이다.

뜻은 커야만 멋지다고 하지만, 헛된 망상은 실패와 좌절 그리고 곤궁으로 사람을 피폐하게 만든다.

몸과 마음이 피폐해지면 삶의 질이 떨어지고 품격도 갖출 수 없게 된다.

무엇보다도 시간과 에너지 낭비가 매우 크다.

다르게 태어났으면 다르게 사는 게 맞다.

남과 똑 같이 살려고 하는 것 자체가 틀린 것이다.

한없이 높은 뜻은 평생소원만 빌다 마는 헛된 욕망이 되어 슬프게 인생을 살게 만든다.

거창한 꿈보다 나에게 딱 맞는 꿈이 좋은 꿈이다.

05 | 망상은 착각이다

이치에 어긋나는 헛된 생각을 망상妄想이라고 한다.

망령될 망妄은 망할 망亡(亡은 부러진 칼을 그린 것)에 여자 여女를 받친 문자로, 정상적인 판단력이 없는 여자라는 데에서 '그릇된 생각이나 행동 또는 거짓' 의 뜻이다.

'망령妄靈 들었다.' 는 '정신이 맑지 못하고 흐리멍덩하다.' 라는 뜻이며, 노인성 질환의 하나이기도 한 치매를 망령들었다고도 했다.

망상은 정상적인 생각이 아닌 판단이 잘못된 생각이다.

치매가 아닌 망상의 문제는 지나침에서 비롯된다.

피해망상은 피해에 대한 생각이 지나쳐 실제보다 더 크게 당했다는 생각에 사로잡혀, 객관적인 판단 없이 과대한 피해의식이 깊어진 것에서 벗어나지 못한 상태를 가리킨다.

재앙 화禍는 입 비뚤어 질 과咼에 쉬엄쉬엄 갈 착(辶)을 합친 글자로, 입이 비뚤어진 사람의 말과 같이 말이 비뚤어지게 나간다는 데서 '허물' 의 뜻이다.

일정한 논리적 근거는 있지만 지나친 감정적 요소가 더해져 정상적인 생각이 미치지 않을 정도가 된 과민성過敏性 관계망상이란 것도 있다.

지나치게 일을 하여 피로하게 된 과로過勞나 분에 넘치는 과분過分한 것 또는 너무 믿는 과신過信도 좋은 게 아니고 나쁜 것이다.

모두 망상에 빠진 것으로, 과過 자가 들어간 과실過失, 과잉過剩, 과다過多, 과밀過密 등의 용어도 좋은 의미는 아니다.

'과도하면 마魔가 들어온다. 주화입마走火入魔'는 말도 있다.

마귀 마魔는 삼 마麻와 귀신 귀鬼를 합친 것으로, 사람의 마음을 흐트러진 삼대처럼 혼란하게 한다는 뜻에서 악마란 의미다.

현대사회는 중독에 빠질 유혹이 너무 많다.

도박 중독, 게임중독, 약물 중독, 사업 중독, 성형 중독, 폭력 중독, 인터넷 중독 등 아무튼 중독이 아주 많다.

모든 중독은 망상에 의해 빠져든다.

도박을 하면 돈을 딸 것 같고, 사업을 하면 돈 벌 것 같고, 예술을 하면 유명해질 것 같고, 자식을 학원에 보내면 명문대에 들어갈 것 같은 유혹에 빠지기도 한다.

당길 유誘는 말씀 언言에 빼어날 수秀를 합친 문자로, 남을 달랜다는 데에서 '꾀어낸다.'의 뜻이다.

미혹할 혹惑은 괴이할 혹或에 마음 심心을 합친 글자로, 괴이하고 이상한 생각이 마음을 현란하게 한다는 뜻이다.

오만가지 생각이 구름처럼 피어나지만 대부분 겉보기에는 잘 드러나지 않는 망상이 대부분이다.

망상일수록 정신적 심리적으로 끌어당기는 힘이 귀신처럼 강해지는 마력魔力이 생긴다.

귀신같은 힘에 조종되어 따라가면, 이성을 잃고 유혹에 홀린 것이며 중독에 빠진 것이다.

그래서 생각이 떠오른다고 즉시 행동할 것이 아니라, 생각을 분석하고 선택할 것과 버릴 것을 결정해야 한다.

망상에는 과대망상이 있고 피해망상도 있다.

과대망상이든 피해망상이든, 정상적인 사고가 아닌 주관적인 어떤 망상에 사로잡혀 판단이 틀린 생각이다.

무엇이든 크게 될 것 같고, 성공 할 것 같고, 유명해질 것 같고, 부자가 될 것 같은 착각은 과대망상에 빠진 것이다.

자신감 과잉상태로 이성은 마비되기 쉽고, 망상과 착각에 빠져 현실감각은 없다. 뇌리에는 꼭 될 것 같은 착각으로 인해 기분이 좋아지고 점점 깊이 빠져드는 특징이 있다.

과대망상이 무엇이든 크게 성공할 것 같은 착각에 빠진 것이라면, 피해망상은 모든 것이 피해를 보고 모욕을 당하고 화가 나는 것 같은 심리상태이다.

분노조절 장애인 사람은 대부분 피해망상에 빠져있는 상태다.

피해에 대한 생각이 자꾸 올라와 정상 생활이 어려울 정도로 분하고 억울하고 화가 난 심리상태이다.

망상은 모두 깨여 있는 맑은 정신상태가 아닌 정상적인 판단력이 사라진 착각상태이다.

그르칠 착錯은 쇠 금金에 옛 석昔을 합친 문자로, 오래 된 쇠붙이에 녹이 슨다는 데에서 '그르치다' 의 뜻이 되었다.

망상에 빠진 것 즉 착각에 빠지는 것은, 정신이상자만 해당되는 것이 아니라 누구나 망상에 빠질 수 있다.

깨여있지 않으면 수시로 망상에 빠진다. 상대, 상황, 장소에 따라 망상이 피어오르기 쉽다.

술 깰 성醒은 술 주酒와 별 성星을 합친 모습으로, 술에 취해 있다가 정신이 별빛같이 번쩍 깬다는 데에서 '술이 깨다' 는 뜻이다.

망상에 빠져 있지 않고 깨어 있으려면 자주 생각을 가다듬을 필요가 있다.

비현실적으로 기분이 들뜨고 크게 성공한 것 같은 흥분된 상태는 과대망상의 신호다.

억울하고 분하고 화 폭발이 많은 것은 피해망상에 빠진 것일 수 있다.

자신의 생각과 고집이 지나칠 때 무지와 망상에 빠진 것은 아닌지 따져 보아야 한다.

고집은 무지가 낳은 것으로 망상에 빠지면 고집부리고 집착하게 된다.

자신의 생각이 틀릴 수도 있다는 여지를 남겨 두어야 망상이나 고집에 빠지지 않는다.

고집과 망상에 빠지면 판단력이 흐려지고 객관성과 이성이 결여되어 어리석은 행동을 하게 된다.

과대망상이나 피해망상은 정신이 맑지 않은 착각의 상태이다.

과대망상도 피해망상도 모두 큰 착오를 초래하고 잘못된 판단으로 큰 대가를 치르는 일이 많다.

매순간 깨어 있어야 하고 현실 감각이 있어야 망상에 속지 않는다.

06 | 삶을 장악해야 주인 된다

손바닥 장掌은 높을 상尙에 손 수手를 받친 모습으로, '손을 높이 들어 손바닥을 보이며 일을 지휘하다' 의 뜻이다.

쥘 악握은 손 수手에 지붕 옥屋을 합친 것으로, 손으로 덮어 싸서 잡아 쥔다 하여 '쥐다' 의 뜻이다.

살아가면서 무지無知하고 무능無能하면, 사람에 휘둘리고 일에 치이고 형세에 짓눌려 삶을 통제하기 어려워져 어쩌지 못하는 상황에 끌려가기 쉽다.

사람과 일 또는 형세에 휘둘리면 통제 불능이 되어 아프고 괴롭지만, 내가 주도적으로 장악하면 휘둘리지 않는다.

굳이 사장, 회장, 리더가 되지 않아도 된다.

남의 주인이 되지 않는 것은 무방하지만, 자신의 주인은 반드시 되어야 삶의 주인이 될 수 있다.

흔들리지 않고 안정되기 위해 장악하고 싶은 마음은 모두에게 있지만, 무지하거나 무능한 상태에서는 장악할 수 없다.

장악하려면 우선 염념念이 있어야 한다.

염념念은 행동의 씨앗이다.

생각할 념念은 이제 금今 밑에 마음 심心을 합친 문자로, '생각하다', '주의하다'의 뜻이다.

우리는 무엇을 하면서 생각에 앞서 의욕이 먼저일 때가 많다.

우리 대부분은 사람, 일, 돈, 관계, 교육, 삶에 대한 개념도 없고 어떤 계획도 없이 무지한 상태에서 인생이 시작되는 일이 흔하다.

이 세상을 살아가는 누구나 반드시 사람, 직업, 돈에 대한 개념이 있어야 상황을 장악할 수 있다.

개념도 없이 목표나 일을 잘 풀기란 사실상 어렵다.

지知는 화살 시矢에 입구 구口를 합친 문자로, 목표를 맞추는 화살처럼 진리에 맞는 말은 아는 것이란 뜻이다.

그러나 인생의 진리에 대해 배운 적도 없고 가르쳐 주는 데도 없다.

무지無知한 데다 무지無智하면 인생 여정은 더욱 힘들다.

오로지 자신 스스로가 살아가면서 부딪쳐 터득하고 깨달아야 한다.

경서經書와 인문학에서는 이미 이런 인생 규칙에 관하여 알려주고 있다.

알 지知에 날 일日이 받쳐져 경험까지 합치면 '지혜롭다'라는 뜻이다.

삶에서 사람과의 관계는 필수다. 그러기에 사람을 아는 게 우선이고 사람의 본성을 알고 개성도 알아야 한다.

성품 성性은 마음 심心과 날 생生(초목이 올라오는 모습을 그린 것)이 결합한 문자로, '타고난 심성'이라는 뜻이다.

사람은 태어나면서부터 모두 착한 선善도 아니고 모두 나쁜 악惡도 아니라고 했다.

다만 악을 제거하고 선을 키우고 갈고 닦으면 좋은 사람, 악만 키우고 선을 내버려두면 악한 사람이 된다.

이처럼 선과 악이 공존하는 세상인데, 사람은 착해야 한다는 바람에서 모든 사람을 믿으면 문제가 생긴다.

군자형 인간과 소인형 인간이 동시에 존재하는 것은 지극히 자연스러운 일이다.

소인을 좋아할 수 없지만 인간 유형에 소인이 있다는 것을 안다면, 소인을 만나더라도 분별을 할 수 있고 적절히 대응할 여력이 생긴다.

그것이 곧 사람을 아는 능력이다.

사람을 알고 장악하는 게 첫째라면 다음은 업業을 알고 장악해야 한다.

일 업業은 악기를 거는 장치의 모습을 본뜬 글자로, 악기를 배우려면 악기를 장치에 거는 것부터 배워야 한다는 뜻이 담겨 있다.

사람들은 누구나 업業 즉 일을 하면서 처음부터 대단하고 고상한 일을 하기 원한다.

그러나 명문대 고학력일지라도 처음 취직하면 복사하고 전화하고 심부름하는 허드렛일만 시킨다.

사회초년생일수록 명문대 학력의 소유자한테 시시한 일이나 시키고 푸대접한다는 생각에 불만이 생겨 화가 나고 갈등하는 경우가 잦다.

그러나 이는 모든 업의 시작일 뿐이다. 작고 시시한 것부터 접하며 일을 배우는 절차를 밟는 것이다.

작고 시시한 것 같아도 반드시 거쳐야 할 필수 과정이며 오히려 마음 수련을 할 수 있는 좋은 기회다.

처음부터 화려하고 대단한 일은 없다.

최고의 선수도 모두 간단하고 시시한 동작을 반복하면서 배워나가야 하는 것처럼, 모든 직업도 그런 과정을 거쳐 한 단계씩 올라가며 발전하게 된다.

이런 과정을 거치지 않고 자만하거나 불평하며 오만한 마음만 앞서면, 인내심의 관문을 통과하지 못한다.

삶의 주인이 되기 위해서는 재물도 장악해야 한다.

재물 재財는 조개 패貝에 재주 재才를 합친 문자로, 생활하는 데 바탕이 되는 것이 재물이라는 데서 재산의 뜻이 되었다.

재물을 얻는 데는 재주가 있어야 가능하다.

재주를 펼쳐 재물을 얻어야 생활을 할 수 있는데, 재물을 오물 보듯이 하며 고상한 척하는 것은 그릇된 관념이다.

재물은 오물이 아니라 보물이다.

재물은 생활하고 생존하는 데 없어서는 안 되는 필수 자원이어서 크고 작은 일을 도모하는 바탕이 된다.

재물을 악으로 다루는 것은 잘못된 관념과 인식 또는 그릇된 편견이자 무지의 극치를 보여주는 미숙한 생각이다.

재물은 곧 힘(力)이자 자유다.

힘이 있어야 선한 일도 할 수 있고 누군가를 도울 수도 있으며 사회에 도움이 되는 일도 할 수 있다.

힘이 있어야 내 삶도 장악할 수 있다.

漢字

PART

08

인생 / 人生

남들이 바쁘게
유행 따라 달려 간다고
그 방향이 반드시 자신에게 맞는
것은 아니다. 가장 중요한 건
방향 선택이고, 그 다음은
타이밍과 속도다.

01 | 인생은 방향 선택이다

바쁘면 마음의 여유가 사라진다.

바쁘면 마음이 죽고 마음이 죽으면 마음속에 간직했던 것도 잊는다.

바쁠 망忙자는 마음 심忄과 망할 망亡이 결합한 문자로, 너무 바빠서 '마음의 여유를 잃다' 라는 의미다.

잊을 망忘은 망할 망亡과 마음 심心이 합쳐진 것으로, 주의하는 마음이 없어지다, 즉 잊는 걸 의미한다.

너무 바쁘면 다른 건 눈에 들어오기 어렵다.

작은 일은 물론이고 큰일이나 중요한 일 또는 인생이 걸린 문제도 다 잊어버리는 경우가 생긴다.

바쁘게 움직이면 잘 사는 것으로 인식하지만, 가끔 바쁜 마음을 쉬어주기도 하고 머리에 가득한 온갖 생각을 비워야 정신이 맑아진다.

바쁠수록 방향이 맞는지 살펴봐야 헛걸음을 줄일 수 있다.

전국시대 위혜왕이 조나라의 수도 한단을 공격하려 했다.

때마침 이웃나라에 사신으로 가던 계량季良이 소식을 듣고 가던 길을 되돌아와서 왕을 찾아가서 말했다.

"신臣이 길을 가다가 북쪽을 향해 마차를 타고 가는 어떤 사람을 만났는데, 가는 길을 물으니 '남쪽에 있는 초楚나라로 가는 중'이라고 말했습니다. 그래서 제가 '초나라로 간다면서 북쪽으로 가는 까닭이 무엇입니까?'라고 물었더니 '제 말이 매우 빠릅니다.'라고 대답하였습니다. 다시 제가 물었습니다. '말이 아무리 잘 달려도 이쪽은 초나라로 가는 길이 아닙니다.' 그런데 그는 '나는 재물을 넉넉히 가지고 있고, 마부가 마차를 모는 기술이 뛰어납니다.'라고 엉뚱한 대답만 했습니다. 그런 그는 참으로 답답한 사람입니다. 아무리 말이 빠르고 마부가 출중하며 재물이 많다 해도, 근본적인 방향이 잘못되었는데 어찌 목적지에 도달할 수 있겠습니까? 대왕께서는 한번 생각해 보시기 바랍니다. 그 사람의 가는 길은 목적지인 초나라와 더욱 멀어지는 것이 아니겠습니까? 지금 대왕께서 영토가 조금 넓고 군사가 강한 것만 믿고, 한단을 공격해서 땅을 넓히고 대왕의 명성을 떨치고자 하면 할수록 패자霸者되겠다는 대왕의 목표로부터 더욱 멀어질 뿐입니다. 이것은 제가 길을 가다가 만난 사람처럼 남쪽에 있는 초나라로 간다고 하면서 마차를 북쪽으로 몰고 가는 것과 같은 것입니다."

위혜왕은 계량의 말을 듣고 조나라의 수도 한단을 공격하려던 계획을 취소하였다.

방향이 틀리면 바쁘게 움직일수록 목표와 멀어지는 결과를 초래한다.

현대 사회는 속도가 생명처럼 되었다.

그러나 속도보다 중요한 것은 방향이며 분주하게 빨리 왔다 갔다 한다고 잘 하는 것만은 아니다.

너무 바빠 마음이 죽고 마음이 죽으면 중요한 일도 잊게 되기 마련이다.

급할 급急자는 소에게 먹이는 풀인 꼴 추芻와 마음 심心이 합쳐진 문자로, 떠나는 사람을 붙잡고 싶은 '초조한 마음', 즉 급하다' 의 뜻이다.

우리는 방향이 맞는지 점검할 시간적 여유도 없이 유행 따라 남 따라가고 남들만큼 해야 하고 죽어라 뛰어야 잘 사는 것으로 인식되었다.

남들이 바쁘게 유행 따라 달려간다고 그 방향이 반드시 자신에게 맞는 것은 아니다.

가장 중요한 건 방향 선택이고, 그 다음은 타이밍과 속도다.

선배가 앞서 나간 길이라고 반드시 맞는 길이라는 보장은 없다.

사전에 반드시 방향을 정확히 확인하고 마음 상태를 조절하여 마음이 평온해야 길의 방향과 일을 정확히 판단할 수 있다.

반복해서 노력해도 길이 보이지 않으면, 이는 곧 방향이 잘못되었다는 신호다.

이때는 방향을 바꿀 때이다.

방향에 맞게 움직이는 것이 좋다.

방향이 틀리면 조급하게 빨리 뛸수록 성공과 반대로 뛰는 것이 된다.

방향과 시기를 고려하지 않고 무턱대고 조급하게 움직이거나 지나

치게 태만하게 움직이는 것도 일을 그르친다.

인생은 방향을 정하고 목표를 세우는 것이 첫걸음이다.

그 다음은 타이밍과 속도가 중요하다.

그리고 상황에 따라 끊임없는 수정을 해야 한다.

자신에게 맞는 방향 그리고 타이밍과 속도가 관건이다.

02 | 굽히는 것은 펴기 위함이다

굽힐 굴屈은 꼬리 미尾와 날 출出이 결합한 문자로, 두려움에 꼬리가 움츠러드는 모습을 나타낸 것이다.

주인이 개를 때리거나 혼낼 때, 몸을 한껏 웅크리고 꼬리를 사린 채 도망치는 개의 모습에서 굴屈이라는 글자가 형성되었다고 한다.

괴롭힘을 당하는 사람도 꽁무니를 빼는 개와 처지가 비슷할 것이다.

여하튼 위축되거나 의지가 꺾이거나 억울함을 당하는 것은 결코 보기 좋은 모습은 아니다.

어깨를 펴고 가슴을 내미는 모습은 긍정적인 의미가 내포되어 있지만, 사람이 구부리면 당당한 모습보다는 위축되고 부정적인 의미가 더해진다.

그러나 구부리고 펴는 것은 무조건 나쁘고 좋은 것이 아니라, 때와 상황에 따라 구부리는 것이 좋을 때가 있고 펴는 것이 좋을 때가 있다.

가장 좋은 것은 어깨를 쫙 펴고 가슴을 내미는 모습이지만 상황이 좋아야 그 모습도 가능하다.

당당한 주인이거나 성취를 이루었거나 성공했을 때 맘껏 가슴을 펴고 어깨에 힘을 줄 수 있다.

일이 순탄하지 않거나 잘못을 저질렀을 경우, 가슴을 펴고 어깨를 펴라고 해도 펼 수 없다.

늘 허리를 꼿꼿이 세우고 어깨에 힘을 주면, 자칫 잘난 척한다는 오해가 생겨 미움의 대상이나 시기의 대상이 되기도 하고 공격의 대상이 되기도 한다.

마냥 구부리고 있거나 마냥 펴고 있다면, 살아있는 사람이라기보다 로봇 같은 사람이거나 죽은 나무판자 같은 사람이다.

사람이나 사물이나 죽은 것은 형체든 정신이든 딱딱하고 굳은 한 가지 모습이지만, 살아 있는 것은 유연하고 변화무쌍하다.

고지식한 성격을 중국어로 사성死性이라고 하고, 죽은 나무판자 같다고 하여 사판死板이라고 한다.

그래서 능굴능신(能屈能伸 :굽힐 줄도 알고 펼 줄도 아는 것)해야 이상적인 자세다.

늘일 신伸은 사람 인人과 펼 신丨이 합친 것으로, 사람이 허리를 펴고 기지개를 켠다는 의미다.

펴기만 좋아하고 높이 올라가는 것만 좋아하지만, 펴기 위해 굽혀야 하고 높이 오르기 위해 주저앉아야 하고 멀리 뛰기 위해 뒤로 물러서 발돋움한다.

굽히는 걸 좋아하는 사람은 없지만 펴기 위해서라면 기꺼이 굽혀야 하는 것이다.

모든 것을 성취한 사람은, 초보일 때에는 제일 아래에서 허리를 굽혀 몸을 낮추고 한 계단씩 위로 올라가서 지금의 자리에 있는 것이다.

매미의 애벌레는 땅에서 기어 나와 나무에 오르고 날개가 생기고 하늘을 날기까지, 땅속에서 무려 7년을 엎드려 있다고 한다.

비록 여름 한 철의 짧은 삶이지만, 매미는 그토록 오래 땅속에서 엎드리고 굽히는 인고의 시간을 오래오래 버티며 때가 오기를 기다려야 했던 것이다.

그 인고의 시간이 빛을 발할 때가 도약의 순간이다.

물러날 퇴退는 쉬엄쉬엄 갈 착辶에 그칠 간艮을 합한 문자로, '하던 일을 그치고 간다.' 는 데서 '물러간다.' 의 뜻이 되었다고 한다.

나아갈 진進은 쉬엄쉬엄 갈 착辶에 새 추隹를 합친 모습으로, 새가 뛰어가다가 날아가는 것처럼 앞으로 나아간다는 뜻이다.

앞으로 나가기 위해 후퇴하고 높게 뛰기 위해 주저앉고 성취하기 위해 인내한다.

펴기 위해 굽히기도 한다.

모든 현상은 현재만 볼 수 없다.

그 이면과 그리고 그 훗날도 함께 보면, 겨울이라고 마냥 울 것도 없고 봄날이라고 한껏 웃을 수도 없다.

미약한 뒤에 무성함이 오고 무성함 뒤에는 쇠락도 있다.

모든 것이 자연의 봄여름가을겨울처럼 흥망성쇠의 규칙에 의해 돌
고 돈다.

일희일비 할 것 없다.

03 | 어쩌다 어른이 되다

'세설신어世說新語'에 단장斷腸이라는 이야기가 있다.

동진의 장수 환온桓溫이 서촉을 징벌하기 위해 배를 타고 장강삼협을 지나갈 때였다.

그의 부하 한사람이 원숭이 새끼 한 마리를 붙잡았는데, 어미 원숭이가 강변을 따라 배를 쫓아오면서 새끼를 돌려달라고 애원하는 몸짓을 하면서 애달프게 울어댔다.

그렇게 백여 리 쯤 쫓아오던 어미 원숭이는, 배가 강기슭에 이르자 갑자기 배안으로 뛰어들더니 그 자리에서 죽어버렸다.

병사들이 그 원숭이의 배를 갈라보니 창자가 갈기갈기 끊어져 있었다는데, 새끼를 잃은 어미 원숭이의 슬픔이 극에 달해 창자가 끊어진 것이다.

슬픔이 지나치면 오장육부와 뇌신경도 손상시킨다.

배안의 병사들이 모두 놀랐고 보고를 받은 환온은 새끼 원숭이를 풀어주고 그 부하를 잡아 매질을 해서 쫓아내버렸다고 한다.

자식에 대한 모정은 짐승이라 해서 덜 할 리 없으니, 하물며 어머니의 자식에 대한 모정은 더 말을 할 것도 없다.

이런 부모에 대한 효孝는 당연한 것이다.

효도 효孝는 늙을 노耂와 아들 자子가 합쳐진 문자로, 자子가 노耂아래에 있는 것은 아들이 노인을 등에 업은 모습을 나타낸다. 즉 노인을 모시고 함께하는 것이 孝의 근본이라는 것을 의미한다.

'까마귀가 자라서 늙은 어미에게 먹이를 물어다 준다.' 라고 하는 것처럼, 사람으로서의 효는 자식이 자란 후 부모의 은혜를 갚는 효성을 의미한다.

사람이 태어나 열 살이 되면 유幼라고 했고, 나이 20이면 어른이 된다는 의미로 상투를 틀고 갓을 쓰는 의례를 행하고 약관弱冠이라 했으며, 30살 이후의 남자들은 장년壯年이라 불렀다.

나이를 먹는다는 것은 어른이 된다는 것을 의미한다.

그러나 나이만 먹는다고 저절로 어른이 되는 것은 아니다.

다만 육체적인 몸이 성숙된 것뿐이다.

세월이 흘러 어쩌다 어른이 되었지, 정신이 성숙되었거나 인격 수양이 되어 어른이 된 것은 아니다.

성년成年은 무성할 무戊 안에 장정 정丁을 넣은 모습으로, 혈기왕성한 장정이 목적한 대로 일을 이룬다는 뜻이다.

장할 장壯은 나뭇조각 장爿과 선비 사士가 합쳐진 글자로, 당차고 인품이 훌륭한 남자를 뜻하며 '씩씩하다', '굳세다' 라는 의미다.

'50세가 되면 집안에서 지팡이를 짚고, 60세가 되면 고을에서 지팡이를 짚고 고을을 거닐며 사람에게 가르침을 줄 수 있다. 70세가 되면 나라에서 지팡이를 짚고, 80세 되면 황제가 집무하는 조정에서도 지팡이를 짚는다.' 라고 '예기禮記' 에 실려 있다.

또한 60세가 되면 기로耆老라고 불렀다는데, 나이가 많아 덕망이 높고 경험이 풍부한 사람이라 다른 사람에게 일을 시킬 수 있다는 뜻이라고 한다.

그러나 기성세대들이 나이가 더 많다고 지혜가 있는 것도 아니다. 인생을 더 살았다고 더 아는 것도 아니다. 나이는 경륜이 아니다.

나이는 그냥 살아온 세월의 숫자일 뿐이다.

나이를 먹어 세상 경험을 많이 하고 견문이 넓고 지혜가 생긴 사람은 어른이지만, 나이가 아무리 많더라도 경험과 견문 또는 지혜 없이 세월만 보냈다면 그냥 노인이다.

지날 경經은 가는 실 사糸와 물줄기 경巠이 합쳐진 문자로, 비단 실을 엮어 베를 짜듯이 기초를 닦고 일을 해나간다는 의미다.

공자의 말대로라면 열다섯에 뜻을 세우고, 삼십에 자립을 하고, 사십에 유혹에 넘어가지 않고, 오십에 자신의 운명을 알고, 육십에 어떤 말을 들어도 귀에 거슬리지 않고, 칠십에 어떤 행동을 해도 함부로 하지 않게 될 때, 진정한 어른이 되는 것이다.

04 | 화와 복은 함께 있다

새해만 되면 "새해 복 많이 받으세요!"라고 인사하고 거리에는 현수막도 걸린다.

그만큼 복이라는 것은 누구나 간절히 희망하고 바라는 기원의 대상이지만, 바꾸어 말하면 뜻대로 이루어지기 어렵다는 증표이기도 하다.

복福은 보일 시示와 가득할 복畐을 합친 문자로 집안에 가득 찬 복畐 곡식으로 신에게 제사하여 복을 받는다는 뜻이다.

행복은 누구나 추구하지만 언제나 행복할 수만은 없는 게 현실이다.

행복에 집착하면 오히려 우울해진다고 한다.

작은 것에 행복을 느낄 줄 알면 그만큼 행복을 자주 맛보지만, 과다한 것에 목표를 두면 좌절의 연속이 되어 행복을 느낄 기회가 없다.

행복이 목적이 되면 불안과 초조가 많아져 불행해진다.

큰 인물들은 행복이 목적이 아니라 성취가 목적이다.

사람마다 생각과 성향 그리고 추구하는 가치가 다르다.

행복은 균형과 조화가 되고 만족하는 마음에서 느낄 수 있다.

아무리 뛰어나 많이 가져도 만족을 모르면 불만이 되는 것이고, 불만이 많으면 행복을 느끼지 못한다.

뛰어나지 못하고 가진 게 적더라도 만족하면 행복감을 느끼게 된다.

그런 것을 보면 행복은 멀리 있는 게 아니라 가까이 있고 마음먹기에 따라 행복지수도 다르다.

우리는 출세하거나 부유해져 넓은 아파트와 큰 차를 사거나 유명해지거나 권세가 생기면 행복으로 믿는다.

그렇다면 일반인은 행복을 맛도 못 볼 것이다.

그러나 꼭 그렇지만은 않다.

성취와 행복은 다르다.

물론 성취가 행복의 조건은 되지만, 성취했다고 행복이 되는 건 아니며 성취가 행복의 전부가 되는 건 더더욱 아니다.

성취는 정복의 영역이지만 행복은 감성의 영역이다.

이룰 성成자는 창 모戊와 못 정丁이 결합한 모습으로 창을 그린 戊자에 丁자가 더해져 '평정하다' 라는 의미며, 상대를 굴복시켜 일을 마무리 짓는다는 의미에서 '이루다', '완성하다' 라는 뜻이 되었다.

행복은 삶의 구석구석에서 매순간마다 소소한 것들로 부터 나오기도 하기에, 가진 것 많지 않은 일반인도 행복을 자주 느낄 수 있다.

행복과 쾌락은 다른 것이다.

물질과 유흥에서 오는 쾌락은 얻을 수 있어도 행복을 얻는 것은 아니다.

유흥과 쾌락을 얻기 위해서는 돈이 필요 되지만, 해, 달, 별, 구름, 바람, 눈, 비, 나무, 풀, 꽃 등의 자연과 교감하면 돈도 들지 않고 늘 행복하다.

어쩌면 자연에서 얻는 행복을 느끼지 못하는 것이 불행일 수도 있다.

행복과 불행 또는 화와 복은 따로 있지 않고 함께 있다.

화속에 복이 숨어 있고 복 속에 화가 숨어 있다.

우리는 화는 싫어하고 복을 기원한다.

그러나 성취의 행복은 그 순간에 있지 그 성취가 행복감으로 지속되는 건 아니다.

시간이 지나면 또 다른 성취 할 목표를 추구하거나 새로운 목표를 세우곤 한다.

운이 트여 복이 들어오는 경우도 많지만, 복은 빈다고 들어오는 게 아니다.

복권에 당첨되면 행복해지는 것 같지만 복권당첨자의 삶을 추적하면 그렇지 않은 경우가 많다.

그릇에 담지 못할 정도로 갑자기 쏟아진 돈으로 인해 기본 규칙을 벗어나 삶을 망치게 만드는 일도 종종 생긴다.

그릇에 넘치는 돈, 명예, 권력 등은 모두 복 같지만 재앙이 될 수도 있다.

재앙 화禍는 보일 시示에 입 비뚤어질 와咼 (앙상한 뼈와 입을 함께 그린 것)가 합쳐진 문자로, 사람의 잘못을 하늘이 책망하여 내리는 벌이란 뜻이다.

가난, 불우한 환경, 질병은 분명 화禍이다.

살아가면서 수없이 어려움에 봉착하며 난관에 부딪치면 노선 변경이 필요 된다.

역경과 가난 또는 질병이란 화가 원동력으로 작용하여 이를 딛고 일어나려 훨씬 절박하고 치열하게 노력하거나 일하여, 훗날 성공하는 경우가 많다.

성공은 결핍이 낳은 경우가 많고 실패는 과함이 낳은 경우가 많다.

밤낮이 바뀌는 것처럼 화가 복이 되기도 한다.

복이 화가 되기도 하고 화와 복은 순환한다.

분수에 맞지 않는 복이 재앙으로 바뀌기도 한다.

05 | 신분은 옷이다

　　노예는 주로 귀족을 위해 일하거나 높고 화려한 궁전을 짓
는 데 인력으로 쓰였고 늘 복종해야만 했다.

복服은 달 월月과 병부 절卩 그리고 또 우又가 결합한 문자로, 무릎을
꿇은 사람을 뜻한다.

사람들은 수많은 직업과 신분이라는 배역을 맡아 사회에서 활동하
며 살아간다.

신분身分에서의 분分은 여덟 팔八에 칼 도刀를 합친 글자로 칼로 쪼개
어 나눈다는 뜻이다.

즉 신분은 개인의 사회적 지위 또는 사회관계를 구성하는 서열이다.

배우는 연극 무대에서의 맡은 배역에 충실하고, 일반 사람들은 생활
무대에서의 맡은 배역에 열성을 다 하며 각자 그렇게 삶의 무대에서
살아간다.

삶의 무대는 시간이 더 길다는 차이가 있고 각본과 각색 없이 즉흥
으로 진행된다는 차이만 있다.

처음 신분과 직업의 배역이라는 옷이 마치 사회초년생의 양복만큼
이나 어색하고 잘 맞지 않지만, 서서히 양복이 자연스러워지고 휘청

거리던 하이힐이 자연스러워지는 것처럼 신분 배역도 몸에 맞아지기 시작한다.

그러다가 그 신분이 10년, 20년 지나면 본래의 모습에서 점점 개성이 사라지고 조직에 맞추어져 새롭게 다른 사람으로 변해간다.

교육을 받아 사회에서 요구하는 사람 또는 조직에서 원하는 사회인으로 탈바꿈해 간다.

옷도 차도 집도 친구도 삶도 바뀌어 간다.

지위가 높아지면 목소리도 자세도 표정도 변해간다.

순수하고 긴장하고 맑고 밝은 그리고 자유분방한 자연인의 얼굴에서, 어느덧 근엄한 표정이 나오고 태도는 굳어진다.

나이와 신분 그리고 배역은 성격마저 바꾼다.

천상천하 유아독존의 얼굴로 바뀔 수도 있고 세상이 손바닥 만 하게 보일만큼, 무서운 것이 없을 정도로 착각도 한다.

그르칠 착錯은 쇠 금金과 옛 석昔이 합쳐진 것으로, 오래된 쇠붙이는 녹이 슨다는 뜻에서 '그르치다.' 라는 의미를 갖게 되었다.

자아팽창이 되면 자신이 무한히 커지는 착각이 든다.

신분은 옷이다.

신분은 시간, 장소, 상황에 따라 주어지는 배역이다.

배역은 수없이 바뀐다.

배우는 무대에서의 배역이 바뀌지만, 우리는 삶이라는 무대에서의 배역이 바뀐다.

연극 무대에서의 배역은 배우가 잠시의 배역이라는 걸 알지만, 삶의 무대에서의 배역은 배역인 줄 모르고 자신이라고 착각하는 경우가 많다.

어느 배우가 무대에서 높은 신분의 배역을 맡았다.

연극이 끝나고 그를 좋아하는 관객들과 이야기를 나누게 되었는데 어느 한 사람이 말하였다.

"당신과 나는 같은 배역을 맡고 있소. 다만 당신은 연극 무대에서의 신분이지요."

그러자 높은 배역을 맡았던 배우가 말한다.

"나와 당신은 같은 배역일 뿐입니다. 나는 무대에서의 배역으로 시간이 짧고 당신은 생활 무대에서의 배역으로 시간이 좀 더 길 뿐이지요."

어리석은 인간일수록 신분과 직업에 심취하여 착각한다.

시간이 되면 연극 무대이든 생활 무대이든 배역은 끝나기 마련이고 오로지 자신의 본 모습만 남는다.

자신도 모르게 신분에 취하기도 한다.

신분과 지위에 취하는 것은 술에 취하는 것과 같다.

그러나 취하는 시간이 길다.

술은 하루면 깨지만, 신분에 취하면 몇 년이 걸릴지 평생이 걸릴지 알 수 없다.

어떤 계기가 아니면 깨어나지 못할 수도 있을 정도로 크게 오래 취하게 만드는 특징이 있다.

예전 북경 관리사회에서의 이야기에서도 신분에 관한 심리를 잘 알수 있다.

명조明朝 때의 북경 동안문 일대에는 관료들에게만 옷을 만들어주는 재봉사가 있었다고 한다.

그는 옷을 맞추기 전에 관직에 오른 지 얼마나 되었는지부터 물었다.

그 재봉사는 처음 관직에 오르면 가슴을 내밀고 잘난 척 우쭐거리는 자세여서 앞자락은 길게 뒤는 짧게 치수를 재어 옷을 만들었는데, 이는 일반인이 관리 신분이 되었다는 자부심이 넘쳐 체면을 드러내는 심리라고 하였다.

그러다 관리가 일한 지 1,2 년을 넘기 시작하면 마음이 가라앉고 기운이 온화해져 앞뒤가 비슷하게 되고, 몇 년이 더 지나면 관복의 앞은 짧게 뒤는 길게 된다고 했다.

이쯤 되면 체면을 볼 줄 알고 상사 앞에서 몸을 숙이고 더 높은 자리를 향하는 단계라고 한다.

조직 속에서나 사회에서나 몸에 배인 배역에 익숙해지면, 자신도 모르게 자신은 사라지고 배역으로 행동하게 된다.

본래의 자신은 신분의 갑옷 속에 점점 깊이 들어 신분의 틀이 몸에 배어간다.

직장이나 사회에서 맡았던 배역에서 은퇴하면 신분은 사라지고 자연인이 되어 가정으로 돌아가게 되는데, 그때서야 본연의 자신을 찾게 된다.

신분은 잠시 잠깐의 배역일 뿐이고 갈아입어야 하는 옷이다.

06 | 순리가 기준이다

사람의 머리 위에 크고 넓적한 물건이 있는 것으로 하늘 천
天을 묘사했다.

옛사람들은 하늘에 대하여 지극한 경의를 표하였고, 하늘을 지상의
모든 것들을 관리하는 최고의 주재자라고 생각했다고 한다.

사기史記에는 '하늘은 사람의 기원이고 부모는 사람의 근본이다.' 라
고 하였고, 예기禮記에서는 '하늘은 만물의 기원이고 조상은 사람의
본원이다.' 라고 했다.

옛사람들은 신이 하늘에서 복과 화를 내려준다고 믿었다.

그래서 해와 달 그리고 별의 변화를 천문적으로 관찰하는 관리를 임
명하고, 길흉을 점쳐 국가대사를 결정하는 기준으로 삼고 정책을 집
행하는 것도 시기에 맞게 하였다.

옛사람들도 선택에 대한 불안과 미래에 대한 근심이 많은 건 지금의
사람들과 마찬가지였다.

특히 전쟁이 자주 발생하였기에 승패를 예측할 수 없다보니 하늘에
의존하고 하늘에 빌고 하늘로부터 복을 받고자 했다.

죄를 지으면 천벌을 받는다고도 했으며 좋은 일을 하면 경사가 생기

거나 사고를 막았으면 하늘이 도와주었다고 믿었다.

인간의 존재는 우주 차원에서 보면 지극히 작은 미생물의 하나에 지나지 않는다.

나름 수많은 시련을 겪어야 하고 매 순간마다 고비도 있게 된다.

한 고비를 넘기면 다른 한 고비가 기다리고 있으니, 마치 한 산봉우리를 넘으면 또 다른 산봉우리가 나타나는 것과 같아서 고해苦海라고도 했다.

삶을 지속하는 데에는 반드시 고난이 따른다는 것을 암시해 주고 있는 것이다.

그 고해를 헤쳐 나가는 것이 우리들의 삶이다.

하늘의 마음이 곧 천리다.

순리에 따르면 화를 면하고 길하다.

다스릴 리理는 구슬 옥玉에 마을 리里를 합친 문자로, 옥은 결을 잘 살려 만들어야 좋다는 데에서 '이치' 또는 '다스리다' 의 뜻이 되었다고 한다.

사람이 자연의 섭리를 거스르면 불행을 자초한다.

말이 없는 자연과 하늘 그리고 온갖 사물의 형태를 글자화한 문자에서도 삶의 이치를 암시해 주고 있다.

자연의 섭리를 거스르면 재앙을 불러들인다.

사람이 무엇을 하든 자연의 이치를 따르지 않거나 섭리를 무시하고 마음대로 하면 고통이라는 벌을 받는다.

벌할 벌罰은 그물 망网 자와 말씀 언讠에 칼 도刀가 합쳐진 모습으로, '죄인을 잡아 꾸짖고 형벌을 내린다.' 의 뜻을 나타낸다고 한다.

천지인합일天地人合一 – 하늘과 땅 그리고 사람이 한마음이 되면 최상이다.

지금 눈으로 보기에 좋은 것이 반드시 좋은 것은 아니다.

결과가 좋아야 좋은 것이다.

좋은 것과 나쁜 것은 항시 변하기 마련이다.

좋은 것이 극에 달하면 나쁘게 변하고 나쁜 것이 극에 달하면 좋게 변하기도 한다.

예측 불가능하고 변화무쌍하기에 인생은 무미건조하지 않다.

결과가 좋을지 나쁠지 예측하는 기준은, 바로 천리에 부합하느냐 어긋나느냐가 그 잣대가 된다.

천리를 따르면 순탄하고 천리에 어긋나면 불행해진다.

인간의 욕망과 무절제는 이탈로 이어지게 되는 요인이다.

그런 유혹을 뿌리치는 것 또는 기준이 곧 천리天理다.

땅 위에 서 있는 사람이 입과 귀로 하늘과 소통할 수 있다면 평범한 인간의 수준을 넘어 천리를 꿰뚫는 사람을 의미하니, 곧 성인聖

人이다.

성인聖人은 최고의 경지에 도달해 속세의 사람이라고 볼 수 없는 사람을 가리킨다.

땅에서 최선을 다 하는 걸 곧 성聖이라고 표현했다.

유혹은 늘 달콤하고 강렬하지만 결과는 쓰다.

모든 고생이 반드시 열매를 얻는 것은 아니지만 모든 열매는 고생을 거쳐야만 얻는다.

07 | 운명의 반은 움직일 수 있다

　'잘 생긴 것은 총명한 것만 못하고 총명한 것은 운명이 좋은 것만 못하다.' 라는 말이 있다.

운명運命에서의 운運은 군사 군軍과 쉬엄쉬엄 갈 착辵이 합쳐진 문자이며, 군수 물자의 이동을 형상화하여 '움직이다', '돌다', '옮기다'의 뜻이다.

명命의 본래의 뜻은 입口으로 나타내는 명령을 의미하였는데, 의미가 확장되어 하늘의 명령이라는 뜻으로도 쓰인다.

인간의 노력에 의한 결과가 현실에서 이루어지는 지의 여부는, 타고난 환경과 지능 또는 재능 그리고 운도 작용한다.

인간이 가지고 있는 능력 안에서의 노력은 운명을 좋게 바꾸고 인간 능력 밖의 욕심은 운명을 나쁘게 바꾼다.

명命은 이미 결정된 것으로 바뀌지 않는다.

가령 나라, 민족, 피부색, 성별, 부모, 두뇌, 재주 같은 것은 타고난 명이다.

선택할 수도 없고 변할 수도 없다.

어디에서 누구에게 태어나고 죽는 것이 고정불변의 명命이라면, 운

運은 움직이고 도는 것이다.

그래서 태어난 곳이 한국이라는 명命이더라도, 외국으로 나갈 수 있고 외국인도 한국에 와서 개척할 수 있으니 움직이고 도는, 운運 때문이다.

외모. 두뇌. 재주가 변하지 않는 명命일지라도, 운運을 움직여 바꾸고 갈고 닦으면 타고난 원래보다 발전할 수 있다.

타고난 것이 50인데, 자신의 조건에서 90 또는 100으로 만들면 운을 좋게 바꾼 것이다.

반면에 100으로 태어났어도, 움직이지 않고 배우지 않고 갈고 닦지 않아 50으로 퇴보하면 운이 나쁘게 바뀐 것이 된다.

성공과 실패는 항상 움직이며 한 번의 성공과 실패의 결과가 영원불변인 것도 아니다.

천명天命은 두 가지 의미를 갖고 있는데, 나에게 주어진 의무라는 '사명'과 나의 의지와 노력으로도 어떻게 할 수 없는 '객관적 상황'을 말한다.

노래 실력이 음치라도 노력하면 기본 실력으로 만들 수 있고, 운동신경이 둔하더라도 노력하고 몸을 움직이면 누구나 기본 체력은 된다.

가난하게 태어났더라도, 근면하고 지혜롭게 오랜 시간 노력하면 누구나 자립하거나 작은 부자는 될 수 있다.

'큰 부자는 하늘이 내린다.' 라는 말도 있듯, 큰 부자는 노력의 영역이 아니라 타고난 돈에 대한 감각이 남달라 일반인은 아무리 노력해도 따라갈 수 없는 재능의 영역이다.

재능은 우선 타고나고 그 다음에 노력으로 재능을 더 키울 수 있다.

자신의 재능을 극대화하면 충분하다.

때문에 재능을 타고 나지 않은 일반 사람도 노력하면 자신의 분야에서 기본은 가능해진다.

그러므로 자신의 재능을 초월한 욕심은, 실패로 직결되거나 나쁜 운으로 이어지게 된다.

최고의 운동선수, 가수, 스타는 하늘이 내린 천부적 자질에 노력이 더해지고 좋은 운명이 결합되어 만들어지는 것이다.

스티브 잡스가 성룡이 될 수 없고, 워렌 버핏이 마이클 잭슨 될 수 없다.

각기 다른 재능을 타고났고 재능의 크기도 다르다.

재주 재才는 땅 속의 종자가 뿌리를 내리고 땅 위로 싹이 돋아나는 것 같이, 지금은 미약하지만 장차 클 능력이 있다는 데에서 재주의 뜻이 되었다.

즉 타고난 자질이 좌우하기 때문에 그래서 재능은 하늘이 내린다고 하는 것이다.

그것은 비교하고 따라 잡을 수 없는 명命의 영역이다.

'부자 되게 해주세요.', '소원성취 하게 해주세요.' 라며, 조상에게, 하느님에게, 부처님에게 빌고 점쟁이나 무당에게 대신 빌어 달라고 해서 되는 것이 아니다.

천리마도 타고나고 호랑이와 사자도 타고난 것이다.

참새는 붕새를 따라 갈수 없고 조랑말이 천리마를 따라 가면 죽게 되는 것처럼, 일반인이 한계를 무시하고 무작정 부자나 운동선수를 따라하면 과로로 쓰러진다.

우리 사회는 타고난 재능을 무시하고 무조건 노력하자는 분위기지만, 재능의 한계를 인식하는 게 좋은 운명을 이끄는 첫 걸음이다.

한할 한限은 언덕 부阝와 어긋날 간艮이 결합한 문자로, 낭떠러지까지 물러갔으니 더 갈 곳이 없다는 데에서 '한정되다.' 는 의미다.

자신이 어느 부류인지 보고 있는 그대로 받아들이고, 자신의 그릇 안에서 좀 더 나아지도록 노력하는 것이 운을 바꾸는 것이다.

성공은 타고난 재주에 시기, 환경, 운 그리고 노력과 귀인의 도움 등 복합적인 조건이 어우러지고 맞아떨어질 때 꽃피운다.

성공했다 하더라도 오만 방자할 수 없는 것은 바로 이 때문이다.

실패는 혼자서 행동하여 잘못이 많을 수는 있어도 혼자 잘나 성공할 수는 없다.

운명은 타고 나고 만들어진다.

참고문헌

漢字樹1 - 活在字里的中國人 : 廖文豪, 北京聯合出版公司,
2014年 11月 第1版 第3次 印刷

漢字樹2 - 身体里的漢字地圖 : 廖文豪, 北京聯合出版公司,
2014년 5월 第1版 第1次 印刷

漢字樹7 - 漢字中的神靈 : 廖文豪, 北京聯合出版公司:
2017年 5月 第1版 第1次 印刷

秘書漢字 : 目印漢字編纂會, 誠心圖書, 1995年 2月 3刷 發行

漢字的魅力 : 滄浪, 中國婦女出版社, ·
2010年 6月 1日, 第1版 第1次 印刷

여러분들과 함께
한자의 숨은 이치를 공유하는
즐겁고 유익한 시간이
되었기를 바란다.